6
Author
佐々木さざめき
Illustration
あれっくす
冒険者をクビになったので、
錬金術師として出直します！
辺境開拓？
よし、俺に任せとけ！

「ご無事で良かった。心配いたしました」
ペルシア・フォーマルハウト

「う……」
マイナ・ベイルロード

「俺たちは、そのミズホ神国に向かっている、
マウガリア王国の使節団だよ。
俺はクラフト・ウォーケン。
この使節団の……交渉役みたいなもんだ」
クラフト・ウォーケン

「それはそれは。
俺はルーカス・リンドブルムだ。
帝国の冒険者をやってる」
ルーカス・
リンドブルム

「この娘はチヨメ。チヨメ・クレマンよ。
手袋でわからないと思うけど、
くのいちの紋章持ちなのよ」
「チヨメ。客人を困らせたら
ダメなのよ」
ノブナ・ヴィルヘルム

「視線誘導ナリよ。
王国の男にも通じるのか
知りたかったナリ」
チヨメ・クレマン

「鳳《ほう》凰《おう》爪《そう》烈破《れっぱ》!!」
ソラル

Author
佐々木さざめき
Illustration
あれっくす
6
Boukensha wo kubi ni nattanode
RENKINJUTSUSHI toshite Denaoshimasu!
辺境開拓？
よし、俺に任せとけ！
冒険者をクビになったので、
錬金術師として出直します！

目次！

冒険者をクビになったので、錬金術師として出直します！
辺境開拓？よし、俺に任せとけ！
6

Boukensha wo kubi ni nattanode RENKINJUTSUSHI toshite Denaoshimasu!

▼人選は、慎重にって話

蒸気船の巨大なパドルがゆっくりと回転する。

「とうとうここまで来ましたね」

「ああ。カイルが頑張ったからだ」

「クラフト兄様やリーファンさんたちのおかげですよ」

カイルが満足そうに蒸気船を見つめる。

大橋の完成までは、もう少しかかるこのタイミングで、水棲の魔物にも負けない、巨大な鉄の船が完成した意義は大きい。

ゆっくりと動き出した巨大船の艦橋から、レイドックたちが手を振っている。

俺たちも大きく手を振って送り出す。

「レイドック！　頼んだぞ！」

「対岸周辺を見回るだけだぞ！　ヘマなんぞするかよ！」

それもそうか。

エヴァたち三姉妹が加わったレイドックパーティーが、先行偵察くらいで失敗するわけもない。

蒸気機関の運用テストをかねつつ、レイドックたちを乗せた蒸気船が、大河の反対岸へと向かっていく。

どうしてこんなことになっているかというと、大河を挟んだ北側にある小国家群へ、正式な国交を開くための使者を送る使命を、国王のヴァンから賜っているからだ。

そんで、なぜかそのメンバーの選抜を、俺がやるようにと、ヴァンの野郎から言いつかっている。

まだ使節団のメンバーは決まっていないが、レイドックパーティーは護衛として確定。当然だな。

それもあって彼らには、まだほとんど情報のない、大河の対岸に先行してもらい、ベースキャンプの設営と、周囲の魔物を間引いてもらうことにした。

使節団が確定したら、そのベースキャンプで合流し、そのまま一緒に小国家群を北に進むことになっている。

蒸気船が水平線に消えたあと、並んで見送っていたカイルに向き直った。

「それで、使節団の件なんだが、まだ納得してないのか？」

「はい。僕が行きます」

そう。

よりにもよって、カイルが自分自身で行くと言って聞かないのだ。

普通に考えたら、領主自らなにがあるかわからない土地に行くことなど認められないのだが、カイルがこう主張するのには理由もある。

「何度も言っているとおり、僕の代わりに政治的判断のできる代官がいないのですよ。国王陛下の送ってくれた文官は優秀ですが、領地の意向を汲めるほどではありませんから」

「しかしな……」

俺が眉間にしわを寄せると、カイルが強い意志で見上げてくる。

本当なら、絶対に認められないのだが、代案も見つからない。

「……もう少し、考えさせてくれ」

俺はカイルの返事を待たずに、生産ギルドへと向かう。

ギルドの建物に入ると、たくさんの商会や、商人たちが受付に並び、職員たちが対応に追われていた。

軽く手を振って奥に入ると、リーファンやギルド総長が忙しそうにしている。

「あ、クラフト君。レイドックさんたちは無事に出発した？」

「ああ。大丈夫だ。それよりカイルのことなんだが……」

書類仕事の手を止め、リーファンがこちらに顔を上げる。

「やっぱり一緒に行くって言ってるの？」

「ああ。引く気はないらしい」

「カイル様の理屈もわかるんだけどねぇ」

王国の意思を伝えるための人材など、今のゴールデンドーンにはいない。それにヴァンもカイルに直接行って欲しいと思っている節もある。おそらく、ヴァン自身にも迷いがあるから、使節団メンバーを決める仕事を、カイルではなく俺に押しつけたんだろう。

「そんな大役を生産ギルド員に押しつけるな！」と文句を言えば「これは開拓業務の一環だから問題ない」とあらかじめ用意していたであろう言い訳が即座に返ってきたので、俺は泣く泣くその仕事を引き受けたわけだが……。

それでもなかなか決断できない。

「使節団の出立はそんなに延ばせないよね」

「ああ。出立は一月以内にはしたいから、メンバーの選出は、数日のうちには決めないと」

仮に、カイルが小国家群へと行くとして、今度はゴールデンドーンを任せられる人材もいないのだ。だったら、カイルには残ってもらうしかない。

と、説得する予定だが、最終的にカイルがついていくと言い切ったら、俺にはそれを蹴る自信がない。そもそも、選出するのは俺でも、許可をするのはカイル自身なのだから。

「うーん。カイルのことはいったん置いといて、レイドックたち以外のメンバーを考えるか」

「私は行こうと思ってるんだけど」

リーファンが来てくれれば心強いが、ギルドは大丈夫だろうか？

俺はシンデリーに書類を積まれ、泣きそうになりながら仕事をしているギルド総長に目をやった。

ちなみにシンデリーという男は、総長と一緒にゴールデンドーンにやってきた、やり手の腹心である。

「なあ、ギルド総長。リーファンを連れて行ってもいいのか？」

書類から逃げるように、総長が顔を上げた。

「ん？　まぁなんとかなる。技術と腕っ節の両方を持ってるやつは少ないから、危険地帯に送り出せるのがリーファンくらいしかいない。それに最近は優秀な職人がたくさん移住してきてるから、生産の仕事は振り分けられるはずだ。……リーファンしか作れない、一部の装備品なんか以外はな」

「ならリーファンは決定だな」

「うん！　でもそれなら、あとはクラフト君がいるんだから、十分じゃない？」

「そうなんだけど、ジタローは連れてかないと、あとでうるさいかなって」

「あー」

リーファンが目を細めて、声を上げる。

きっと、誘わなかったとき、面倒になると思ったのだろう。

「カイルが行くにしても行かないにしても、ジタローがいるといないじゃ、戦力的に大違いなんだよな」

「マタギの紋章を手に入れてから、ジタローさん凄く強くなってるもんね」

そうなのだ。ジタローは狩人としてだけじゃなく、レンジャー的な能力も非常に優秀になっている。

ソラルがレンジャーから弓女神《アルテミス》の紋章になったことで、探索能力が少しだけ不安なのだが、今のジタローならそこを埋められる。

「……まぁ、連れてくしかないだろ」

「そうだね」

使節団の護衛としては十分すぎるしな。恥をさらさないようにだけ、よく注意しとかねば。

「アルファードさんやペルシアさんは？」

「アルファードは防衛の要だぞ、絶対に残す。ペルシアもマイナのために残す」

「そうだね」

「カイルが来るとしても、今の戦力なら十分だしな」

そもそもレイドックたちにジタローを加えたら、実質ゴールデンドーンの最高戦力が揃うのと同義なのだ。

「うん」

「ジャビール先生にも残ってもらう。じゃないとポーションの供給が滞るからな」

「ジャビールさんがいなかったらと思うと、ぞっとするね」

「ああ」

俺は黄昏《たそがれ》の錬金術師の紋章のおかげで、伝説品質の薬を大量に作ることができる。その穴を埋められる錬金術師は先生以外に考えられない。

素材の質などが上がってしまうし、作れる量も減ってしまうが、先生なら、同等レベルや普及用の品質を作ることができる。

これぱっかりは他の錬金術師には無理だ。

さすが先生である。先生が黄昏の紋章を持ってたら、俺など足下にも及ばなかっただろう。

「あとはリュウコだな」

「リュウコさん?」

リュウコはジャビール先生のおかげで作り上げた人間型の使い魔で、人造ゴーレムであり、人造魔物であり、ドラゴントゥースウォーリアーでもある。つまりてんこ盛りだ。

見た目も言動も、人間そのものの、メイドである。

その素体に、先生からもらった、世界最高メイドの人格データを移植したおかげで、最高のメイドの能力を持った、人型使い魔として、俺の屋敷で働いてくれていた。

「ああ。カイルが行くにしろ、行かないにしろ、身の回りの世話をしてくれるやつは必要だろ? ミスリル鉱石探索のときとかさ、食事の支度とかを、リーファンに頼りすぎてたからな」

リーファンと一緒に冒険に行くと、つい、その辺を全部甘えていたのは、反省するところだろう。

「うーん。確かにリュウコさんがいたら嬉しいけど、守りきれるかなぁ? 普通のメイドさんだもんね」

「もちろん。大事な仲間だから守るつもりだが……」

俺はそこで顔を引き締める。

「最悪の場合でも、カイルのメイドや執事が死ぬよりはいいだろ」

こんなことは言いたくない。

俺に仲間を見捨てるなんて選択ができるとも思わない。

それでも、万一を考えたら、選択肢はリュウコしかないだろう。

なんといっても、リュウコの強さは一般人と変わらないんだから。

素体がドラゴントゥースウォーリアーなので、少しは丈夫だと思いたい。

「ま、レイドックもいるし、大丈夫だとは思うけどな」

「そうだね」

そんなこんなで、カイル以外のメンバーが決まった。

レイドック、ソラル、エヴァ、カミーユ、マリリン、俺、リーファン、ジタロー、リュウコの九人。

それと、カイルの代わりに交渉を担当する代官を加えた十人だ。

これならば、なにがあるかわからない、小国家群の最北、ミズホ神国までたどり着けるだろう。

こうして、俺たちは準備を進めるのであった。

出迎えは、礼儀正しくって話

ゴールデンドーンの中央通りに、立派な馬車と、立派な鎧の騎士が、王国の旗を掲げながら、整然と行進していた。

一糸乱れぬ足並みで進むその一団に、住民は沿道から、建物の上から、大量の花びらを撒きながら歓声を上げている。

今日は王都から、国王陛下を伴った訪問団がやって来ているのだ。

俺たちは、その様子を城から眺めている。

「予定より、ずいぶん早い到着でしたね」

「まあ、ヴァンはせっかちだからな」

俺が答えると、カイルが少し苦笑する。

「クラフト兄様。今日は国王陛下として来られるのですから、ヴァンさん呼びはまずいですよ?」

「わかってるって。でもなぁ……」

初対面で、冒険者として自己紹介されたから、どうも国王陛下って印象がな。

あと本名が長くて覚えられん。

「ま、気をつけるよ」

「はい」

「公式の場でのやりとりは、全部カイルに任せた」

「はは。任されました」

カイルが嬉しそうに答える。

もうすでに、カイルに病弱だった頃の面影は残っていない。少年らしい活発さで日々動いていた。

最近では、領主の義務である、剣の腕を磨きたいそうなのだが、領地経営が忙しすぎて、最低限しか練習できていないとぼやいていたほど。本当に元気になったもんだ。

俺がカイルを頼ると、嬉しそうにするのは、それだけ懐かれているからだろう。そういや、孤児院時代も、妙に年下に懐かれたもんだぜ。

……今も、孤児院や学園の子供たちに懐かれてるか。

俺のマントにしがみついている、マイナの頭を撫でてやる。この部屋にいるのは俺とカイル以外に、マイナとペルシアとジャビール先生。それに文官と執事が控えていた。

ジャビール先生は、騒ぎには我関せずと、テーブルでお茶を飲みながら、論文を読み込んでいる。

「マイナ。もうすぐヴァンの野郎が来るぞ。嬉しいか？」

マイナはしばらく考えたあと、小首を傾げた。

どうでもいいらしい。ヴァンだしな。

「マイナ。国王陛下が直々に領地を視察するのは、大変名誉なことなんだよ？」

カイルが言い聞かせるが、いまいちよくわかってないようだ。

ま、俺もだが。

俺とマイナの無関心組とは真逆に、ペルシアは若干興奮気味である。

「そうです！　今までのお忍びとは違い、国王陛下の公式訪問なのだ！　ああ！　これも全てカイル様の努力の結果！　本当に頑張りましたね！」

いや、若干じゃなく、激しく興奮の間違いだわ。

「おい、ペルシア。陛下の前でも鼻息を荒くするなよ？」

「相変わらず、失礼なやつだな！　貴様は！」

俺は、苦笑しながらガシガシと頭を掻き、城下のパレードをうかがうと、ゴールデンドーンで恒例となっている、街を挙げてのお祭りとは、少々様子が違った。

屋台などの出店は最小限で、多くの住民が中央通りの両側に、ずらりと並んで集まっている。

だが、通りそのものには、住民は一人もいない。

兵士や冒険者、それに聖騎士などが壁となっているからだ。

今頃、警備責任者のアルファードは死ぬ思いで指揮をしていることだろう。

そして、その花道を、国王陛下の乗った豪奢な馬車が、ゆっくりと進んでいる。

馬車の前後を儀仗兵が挟み行進する様を見学し、たたえるために住民が集まっているのだ。

国王陛下直々のご訪問ということで、ゴールデンドーンの住民たちは熱狂に近い歓迎をしている。それだけ名誉なことなのだ。

大量に舞い散る花びらに飾られながら、王国の一団が城に入ると、城門が閉められ、住人たちから見えなくなってしまうと、そのまま住民たちは掃除をしつつ、普段の生活に戻っていく。

俺とカイルは、陛下を出迎えない。

訪問団の相手は、文官がしている。理由は簡単で、ヴァンがこの訪問団にいないからだ。

そのまま応接間で待っていると、予定通りアルファードが戻ってくる。

「お疲れ様です。アルファード」

「は！」

びしっと敬礼で返す姿は、この領地最高の軍事責任者らしい。

「お疲れ。下は大丈夫なのか？」

「ああ。残りの指示はデガードとタイガルに任せてきた」

アルファードの部下になった、元傭兵で、元冒険者の二人。デガード・ビスマックと虎獣人タイガル・ガイダルだが、かなり優秀なようで、仕事のほとんどを任せることもできるらしい。

……仕事のできる部下がいてうらやましいわ。

などと内心嫉妬しているタイミングで、メイドがやって来て、訪問団の代表が城に到着したことを告げると、カイルがメイドに確認する。

「代表の方々は、休憩を挟むと言っていますか？　それともすぐに会談を望んでいますか？」

メイドが恭しく答える。

「すぐにでも会談を始めたいとのことです」

「わかりました。謁見室に案内を。クラフト兄様とジャビールさんは、先にお願いします」

「了解」

「わかったのじゃ」

それまで無心で文章を追っていたジャビール先生も、すっと顔を上げ返答する。

「一番立場のあるものは、部屋に最後に入場せねばならぬなど、貴族のしきたりは面倒じゃな」

「俺もそう思います」

先生のため息交じりな愚痴に、俺も賛同する。みんなでぞろぞろ会議室にでも集まりゃいいじゃん。

そういうわけにいかないのが、貴族ってもんらしい。

なお、一番偉い人が最初の場合とかもあるとのこと。面倒な。

すでに準備されていた謁見室に行き、あらかじめ指定されていた場所に立つ。

ここは広い縦長の広間で、中央に赤絨毯。その先が段になっており、その中央にやたら背の高い立派な椅子が鎮座している。

部屋の左右には柱が並び、エリクシル開拓伯の旗が、これ見よがしに並ぶ。

その柱の下に、聖騎士たちが身じろぎ一つせずに並んでいた。

まぁ、誰もがイメージする、王様と会う場所と同じであろう。カイルは領主だが。

すぐに、訪問団の代表一行がやってきて、案内役の聖騎士の指示で、赤絨毯の上に片膝をついていく。

もっとも、彼らは言われなくてもわかっているとばかりに手際が良く、新米聖騎士の方がうろたえていたのは黙っていよう。

聖騎士なんて言っても、つい最近までは私兵だったわけだからな。

訪問団の準備が終わると、壇上に、カイルとマイナが登場し、護衛のアルファードとペルシアが続く。

カイルが王座……ではなく領主席に着席し、マイナが一歩下がった場所に立つ。

全員の準備が終わったのを確認し、ペルシアが凛とした声を張り上げる。

「カイル・ゴールデンドーン・フォン・エリクシル開拓伯がおなりになられました！　一同！　面を上げ！」

普段はポンコツだが、こういうときのペルシアは格好いいな。

ざっと、代表たちが面を上げると、カイルが優しい笑顔で彼らを労う。

「皆さま、お初にお目にかかります。私はカイル・ゴールデンドーン・フォン・エリクシルです。遠路はるばるご苦労さまでした。長旅でお疲れではないですか？」

すると一番年配っぽい立派なローブを身にまとった、長い白ひげの爺さんが答える。

「お初にお目にかかります。私はバティスタ・フォン・ヘルモンド名誉男爵ですじゃ。宮廷錬金術師筆頭を賜っております」

なんとこの爺さん、この王国で最高位の錬金術師だった。

隣に座るジャビール先生に目をやると「知り合いなのじゃ」と答えてくれる。

まぁ、宮廷錬金術師筆頭なんて言っても、先生には劣るんだろうけどな。

「旅はとても快適だったですじゃ。なんと言っても街道が恐ろしいまでに整備されておりましたからな。カイル様の手腕、恐れ入りますじゃ。陛下もたいそうお喜びになっております」

「ありがとうございます」

王国の代表からの褒め言葉で、謁見室に満ちていた緊張が、わずかに緩む。

「それでですじゃ。陛下をお迎えするためにも、早速ですが転移陣の設置をさせていただきたいと思いますじゃ」

そう、今回、住民たちには国王陛下が馬車に乗っていると思わせて、実際には来ていない理由は、この転移陣で直接やって来ることになっていたからだった。

王国の秘匿技術らしいのだが、真っ先にここに設置するあたり、ヴァンの野郎、やりたい放題だな！

どーせ、しょっちゅう遊びに来たいだけなんだろうけどよ！

まったく、頭が痛てぇぜ。

▼主役は遅れてやってくる、とか言いそうって話

城の中にいくつも作られた隠し部屋の一つに、カイルと俺と先生とマイナ。それに護衛のアルファードとペルシアが続く。

転移陣の設置のため、宮廷錬金術師筆頭バティスタ爺さんと、その弟子っぽい人たちも一緒についてくる。

その弟子の中に顔見知りが一人いた。

元ジャビール先生の弟子で、一度ゴールデンドーンに視察に来た一人、エルラ・ルイラだ。

ジャビール先生がこんな姿になる前を知っている方なので、それなりに俺より年上のはずだが、若々しく年齢を感じさせない。

今日はバティスタがいるからか、エルラは静かについてきていた。

「それにしてもこれほど立派な城を、この短期間に完成させるとは、この領地の職人は優秀ですな」

「ええ。ちょうど今、隠し部屋の準備をしている生産ギルド長が特に優秀なのです」

「ほう。錬金硬化岩は王都でも利用が始まっておるのじゃが、まだまだ普及しておらぬからの」

「そうなのですか？」

あれ？

俺が聞いていた話と少し違うな。王都では硬化岩を必死こいて量産してるとか、ヴァンに聞いた覚えがあるんだが。

「うむ。ジャビールから黄昏でない錬金術師でも作れる錬金法は聞いておるんじゃが、いかんせん魔力量に依存するからのぅ。それにあの精巧な魔術式を扱えるのは、ワシやジャビール。それと愛弟子たちくらいじゃな。町で開業しているような錬金術師には、量産は難しいんじゃよ。それでも協力はしてもらっておるんじゃが」

「それは……知りませんでした」

カイルとバティスタ爺さんの会話を横で聞いていたが、少し驚いた。

ジャビール先生と論文用にと、改良錬金法を苦労して作ったのだが、それでも普通の錬金術師には難しかったのか。

俺の内心を見抜いたジャビール先生が、呆れて肩をすくめる。

「まったく……、錬金硬化岩は戦争にも使えるから、発表するかどうかも、貴様と議論しておったのを忘れたんか？」

「覚えてますよ。でも、防御的な使い方がメインだから、発表に踏み切ったんですよね？」

「阿呆。それだけでなく、優秀な錬金術師が必要で、大量生産も難しいから、踏み切ったのじゃ」

「ああ、なるほど。つながってませんでした」

さすがジャビール先生！　良く考えている！

「腕は一流でも、世間に与える影響まで考えられないのでは、錬金術師として、まだまだ二流なのじゃ」

「精進します」

俺と先生の会話が耳に入ったのか、カイルが振り向く。

「量産するにはたくさんの魔力が必要なのですね。錬金術は等価交換と言いますし」

ニコリと微笑むカイルだったが、逆に俺たち……先生と爺さんとエルラの錬金術師たちは、苦虫を噛み潰したような表情になる。

「あの、変なことを言いましたか?」

「カイル様、それは大きな誤解なのじゃ。なんでそんな話が常識になっておるのかはわからんのじゃが、錬金術の根本理念は【一は全なり、全は一なり】なのじゃ」

「一は全……全は一、ですか」

「うむ。我ら錬金術師は、世界の全てはただ一つの何かからできていると考えておるのじゃが、それを第一質料《プリマ・マテリア》と呼んでおるのじゃ。このプリマ・マテリアを理解し、創成、または取り出すことが錬金術師の究極の目的であり、到達点なのじゃよ。このプリマ・マテリアさえ手に入れることができれば、この世界のあらゆる物質も現象も思いのままなのじゃ。もっとも今はプリマ・マテリアが生み出していると思われる現象を確認するのがせいぜいなのじゃが。その現象とは、プリマ・マテリアは湿・乾・熱・冷の四つの状態を持つとも言われておるのじゃが、これは魔術師が四属性と呼ぶ、地水火風の考え方とも類似しておることからも、真理に迫った考え方と言えるじゃろう。これらの状態に霊気《プネウマ》が加わると考えられておるのじゃが、これらをつなぎ止める力こそが魔力《マナ》であり――」

どうやら乗ってきてしまったのか、俺にするような講義が始まりかけ、慌てて声をかける。

「先生、先生……」

俺としては講義を聴きたいのだが、今はまずい。

エルラさんも目を輝かせて聴いてないで、止めて！

どうしようかと焦っていたら、バティスタ爺さんが苦笑交じりに止めてくれた。

「ジャビール。その辺にしておくんじゃ。カイル様がドン引いておられる」

「うえ？　おお、すまなかったのじゃ。つい――」

バティスタが手を振ってジャビールを黙らせ、カイルに向き直る。

「カイル様。ジャビールの言を要約すれば、我らが目指すのは等価交換ではなく、全なる一であることだけ理解し、あとは無視してくだされ」

「いえ。興味深いお話なので、時間ができたら聞いてみたいですが……もうすぐ目的地に着きますから」

タイミング良く、俺たちは目的の隠し部屋に到着した。

廊下のところどころに配置されている、彫像の一つがゆっくりと動くと、そこそこ広い部屋に出る。

中ではすでに、リーファンが片膝をついて待機していて、掃除などの準備を終えていた。

「彼女がさきほど言っていた、リーファンさんです」

「ふむ。それでは早速転移陣を設置するので、黄昏と一緒に手伝って欲しいんじゃが」

「喜んで承ります」

名指しされた俺とリーファンは、エルラさんと一緒に転移陣を設置していく。

大きな魔石のはまった魔導具が、床に描かれた魔法陣の六芒星頂点に置くよう指示される。

「この転移の魔導具は、王家にも残り数が少ないので、丁寧にね」

「お、おう」

そういえば、冒険者時代に聞いたことがある。大きなダンジョンから、ごくまれにしか見つからない貴重品で、王国が超高額で買い取ってくれる魔導具があると。

個人で持ってても、魔法陣を知らなきゃただのゴミなので、必ず売られるもんだ。

俺とリーファンが、壊さないよう慎重に魔導具を手に取った瞬間。

「うわっ!?」

左手の紋章から、知識があふれるように、脳へと流れ込んできた。

見れば、リーファンも同じように目を丸くしている。

俺に流れ込んで来たのは、錬金術に関係する部分だけだが、リーファンには間違いなく、鍛冶に関わる部分の知識が流れ込んだろう。

「ぬ？　どうしたんじゃ？　まさか……」

バティスタ爺さんが鋭い視線をこちらに向けてきた。どうやら紋章の囁きがあったのはバレバレらしい。

「あー。えっと。転移陣に使う魔導具の作り方……わかっちゃいました」

「なん……じゃと？」

あんぐりと口を開けるバティスタ。その気持ちはわかる。

「ば……ばかな……。我ら錬金術師や魔術師が、必死になって研究し、断念した転移の魔導具の作り方を？」

「えっと。それだけじゃなくてですね、その上位の〝転移門〟なんて代物も……」

「「はぁ!?」」

爺さんとエルラが素っ頓狂な声を張り上げた。

逆にジャビール先生は、眉間にしわを寄せて、首を振る。

「まったく貴様というやつは……」

「あ、あの。まずかったですかね？」

「ここでは黙っていて、あとでこっそり、私に相談するべきだったのじゃ」

先生は、頭が頭痛で痛いみたいな仕草で、自らのこめかみを押さえた。

「あー……。まあいいのじゃ。それでその転移門というのは、転移陣とはなにが違うのじゃ？」

俺に腹芸は無理ですよ先生！

とはいえ、世界の真理を目指す錬金術師なんだから、そこはなんとかしてかないとだな。

「えっとですね。転移陣は人を数人送る程度が限界で、しかもその一度の転移に、高品質の魔石が六つ必要ですが、転移門は、門同士をつなぐので、一度つないだら、魔石の魔力がなくなるまで出入り自由で、人数や重さに制限がないようです」

「なん……じゃと？」

　ジャビール先生ではなく、バティスタ爺さんのほうが驚いていた。

「転移門の起動には、サイクロプスクラスの魔石が必要で、だいたい一時間くらいつながるらしいです。門の大きさにもよるみたいですが」

　人が普通に通れる大きさなら、一時間くらい保つようだ。

　馬車が通れるくらいだと、時間は大きく減る。

　それでも、転移陣よりは魔石の消費は少ないはずだ。どうも、転移陣は転移門の簡易型として作られたっぽい。もしかしたら、昔は持ち歩くような代物だったのかもしれないな。

「それは、大変興味があるが……まずは転移陣を設置し、陛下においでいただくほうが先じゃな」

「そうですね。クラフト兄さ……こほん。クラフトさん。設置をお願いしますね」

「了解しました」

　俺たちが気を取り直して、転移陣を設置する。バティスタ爺さんが通信の魔導具（俺が作ったものではなく、王家に伝わっているアーティファクトのほう）を使い、ヴァンへと連絡すると、まるで待ち受けていたかのように転移陣が反応する。

「わはは！　俺！　様！　参上！」

変なポーズのヴァンと、護衛騎士の二人が、魔法陣の上に忽然と現れた。

相変わらずだな！　お前は！

認められたからこそ、重要な任務も押しつけられるよなって話

転移陣にヴァン陛下が現れると、すぐに全員が片膝をつき、カイルがうやうやしく告げる。

「ようこそおいでくださいました。ヴァインデック・ミッドライツ・フォン・マウガリー陛下」

「うむ。元気だったか、エリクシル開拓伯？」

「はい。陛下の格別なご配慮により、領地はますます発展を遂げております」

「わははは！　それは重畳《ちょうじょう》！　バティスタも長旅ご苦労だった」

「ありがたき幸せ」

今日のヴァンは、お忍びではなく、公式に国王陛下としての立場で来ているはずなのだが、どうにもあまりいつもの冒険者スタイルと変わりがない。

おいおい、陛下の正しい態度なのかそれ？

あらかじめ、今日は陛下として扱えと連絡をもらっていたので、こうして片膝ついて頭を下げているわけだが、なんか馬鹿らしくなってくるな。

それでも、バティスタ爺さんやエルラもいるので、なんとか言葉を飲み込む。

「ではさっそく、会談といこう。カイル、案内せよ」

「はい」

ではさっそくって、お前こそ、さっそくエリクシル開拓伯呼びから、カイル呼びになってるじ

ゃねーか！

突っ込みたい気持ちを、グッとこらえ、歩み出した二人のあとを黙ってついていく。

隠し部屋を出て、少人数用の応接間へと移動。

メイドたちがお茶の準備を終えると、ヴァンが大きく手を振る。

「これから重要な会議を始める。メイドたちは下がれ」

メイドたちが部屋を出ると、ヴァンは大きくため息をついた。

「はぁ。堅苦しいのは苦手だ。お前たちも楽にしろ」

「陛下……」

バティスタ爺さんが渋い表情を浮かべるが、ヴァンは手をひらひらと振って黙らせる。

「ここにいるのは、俺を知ってるやつだけだ。特にそこの黄昏に礼儀を求めたら、会話もできん」

頭を抱えるバティスタ。うん。気持ちはわかる。

そして、俺も頭を抱える。本当にこの状況でいつも通りの態度を取っていいのかと。

俺の心配を読み取ったように、ヴァン陛下が手を振った。

「なにかのテストとかじゃない。いつも通りで良いぞ、クラフト。リーファンもな」

俺とリーファンは数秒見つめ合ったあと、お互いに肩をすくめる。

「あー。本当にいいんだな？」

「そうそう。それでいい」

嬉しそうに答えるヴァン。マジでいいらしい。

「事前連絡はなんだったんだよ」

「しておかないと、他の目があるところでもやらかしそうだったからな」

「う」

あんまり否定できない。

「でも、バティスタさんや、エルラさんもいるわけだが」

「こいつらは、俺の本性を知ってる」

俺は二人に視線をやり、内心で「苦労しますね」と同情すると、正しく読み取った二人が苦笑した。

「さて、準備も整ったところで、会議を始めるか。ああ、全員座れ」

現在、着席しているのはカイルとヴァンだけだったが、陛下に促され、全員が座る。

「それでカイル。小国家群への使節団はいつ出発する？」

「一月以内には出発したいと思っているのですが……」

「問題が？」

「はい。私が行きたいと思っているのですが、そうすると、ゴールデンドーンの統治をどうするかの問題があるのです。陛下に派遣してもらった文官は優秀ですが、領地経営を任せるわけにもいかないですから」

「そりゃそうだな。……ふむ」

ヴァンが顎に手をやって、しばし考え込む。

「ちょうど良いかもしれんな」

ぼそりと呟いてから、ヴァンが立ち上がる。

「バティスタ。通信の魔導具を使うぞ。それと転移陣用の魔石に予備はあるか？」

「もちろんありますが……」

嫌な予感がすると、バティスタの眉間にしわが寄る。

ヴァンがバティスタの肩をがっしりと抱え、なにやら耳打ちをした。

「ふーむ。悪いアイディアではないですが、本当によろしいのですかな？」

「今、動かせるやつで、あいつほどの才能があるやつが他にいるか？」

バティスタが一度目をつぶったあと、ゆっくりと頷く。

「確かに良いアイディアかもしれませんな。連絡して準備させますので、しばし席を外しますじゃ。……ああ、カイル様。転移陣の使用を認めてくだされ」

「もちろんです。えっと、リーファンさん。案内してあげてください」

「はい」

リーファンがいないと、隠し部屋に入れないしな。

二人が出て行くと、ヴァンがお茶を一気飲みする。

「クラフト。おかわりだ」

「へいへい」

　メイドが置いていったティーポットから、どぼどぼと茶を注ぐ。

「……美味くないぞ。リーファンに煎れさせてから、行かせれば良かったな」

「文句言うなら飲むなよ」

　なんで同じお茶なのに、煎れる人が違うと、味が変わるんだろうね？

　ヴァンが、ジャビール先生に頼まなかったのは、先生の家事が壊滅的なことを知っているからだろう。身の回りの世話をしてくれるゴーレムに囲まれていた先生は、その辺が天才的なまでに壊滅的なのだ。

「カイル。領地経営は順調か？」

「はい。あとで視察なされますか？」

「猛烈に残念なのだが、時間がない。辺境の押し上げに合わせ、同時にいくつもの砦を建設してるから忙しいのだ。ああ、そうそう。ここから大量の小麦が出荷されるようになって、食糧問題は大きく改善したぞ。良くやった」

「ありがとうございます。全てクラフト兄様や、領民のおかげです」

「次は米の量産だろ？　これと小国家群との貿易が上手くいけば、小うるさい他の貴族どもを黙らせられる。絶対に成功させろ」

　その言葉に、俺は疑問を持つ。

「なあ陛下。なんか焦っているように感じるんだが、気のせいか？」

「ヴァンでいい。……さすがにわかるか。焦っているぞ。それも猛烈にな」

「そんなに貴族の反発が酷いのか？」

若くして大領地の領主になったカイルに、反発する貴族が多いのは予想してたことだと思うんだが。

「それも大きい。国内を一刻も早くまとめ上げねばならんのも事実だ。だが、それ以外に、もっと懸念していることがある」

「なんだ？」

「魔物の侵攻だ」

「え？　錬金硬化岩が普及し始めて、かなり楽になったって聞いてるぞ？」

「ああ。人類圏と魔物の生息域の間に、砦を多数作ることで、生存圏を押し上げてる」

「スタンピードみたいなのが、何度も起こるとみてるのか？」

「それもあるが、そうじゃない」

どういうことだよ。

「俺が言ってるのは、人類全体の話だ。西のゼビアス連合王国の話だ」

「踏破不可能の山脈の向こう側にあるっていう、大国だよな？」

「そうだ。我がマウガリア王国と、北東のデュバッテン帝国に並ぶ、三大国の一つ、ゼビアス連合王国のことだ」

話では知っているが、ゼビアスの情報はほとんど何も知らない。

「何か、情報があるのか？」

「知ってのとおり、他国との行き来は、魔物の領域に囲まれ、ほとんど不可能だ。オルトロスの第二夫人で、裏切り者だったベラと、ジャビールをこの国に招くときにも、ワイバーンを使った強行突破をしたくらいだからな」

「通信の魔導具とか、お互いに持ってないのか？」

「どの国にも予備がない。お前が作れるようになったから、いずれとは思っているが。……お前はこの通信の魔導具が超貴重なアーティファクトだというのを、少しは理解しろ」

「へーい」

材料があれば、いくらでも作れるから、どうにも感覚が狂うぜ。

「まあ、とにかく、他の国との情報交換は、困難を極めている。それでもまったく入ってこないわけじゃない」

「ふむ」

「何名か、高位の冒険者がゼビアスから流れてきていてな。どうも旗色が悪いらしい」

「国から逃げ出すほど？」

「そう思っているやつが多いのだろう。ゼビアスの冒険者は、西の防衛を担っている大事な戦力の一つだ。現場の人間がそう感じる程度には押されているんだろう」

「……」

詳しくは知らないが大陸の西側は、魔物の領域と聞く。

そして、その最先鋒にあるのが、ゼビアス連合王国。そこの戦況が良くないって……。

「俺は、三大国全てが一丸とならねばならんと思っている。お前たちのおかげで、食料や兵力に余裕が出てきた。他国と協力して、人類の生存圏を守らねばならんとな」

「……意外と国王をやってるんだな」

「殴るぞ」

　話が真面目になりすぎたので、少し茶化す。

「現在、三国を結ぶまともなルートはない。強者を揃えて、危険な魔物の領域を突っ切るか、オルトロスのような竜騎士で、一気に駆け抜けるかくらいしか方法がない。だが、このゴールデンドーンはそんな常識を翻《ひるがえ》した」

　ヴァンは立ち上がって、窓際に立ち、四方に延びる街道に目をやった。

「危険な辺境を切り裂くように街道を整備し、魔物と戦える城を作り上げた。今度はそれを小国家群でやって欲しい」

「なんで小国家群？」

「小国家群は三大国に挟まれた地勢だ。そこを起点に、三国を結ぶ街道を作る。そのためにも、小国家群との同盟や協力は必須だ」

　ヴァンが振り向き、カイルに手を向ける。

「カイル！　なんとしてでも、小国家群を籠絡してこい！　協力でも同盟でも征服でも合併でも、なんでも構わん！　手段を選ぶな！」

「はっ！」

カイルが即座に片膝をついた。

「うん。格好つけてるところ悪いけど、カイルが征服とかできるわけねーだろ」

「知ってるわい！　だが、格好くらいつけさせろよ！」

締まらねぇなぁ。

能ある鷹は、爪を封印されてたって話

コンコンと部屋がノックされた。

「ワシですじゃ。入っていいですかの？」

「バティスタか。入れ」

一緒に戻ってきたリーファンが扉を開き、バティスタ爺さんともう一人が部屋に入ってくる。

その人物を見て、俺は思わず叫んでしまう。

「なっ⁉」

「え？」

俺だけでなく、カイルも絶句している。

そりゃそうだろう。そこにいたのは、カイルの兄である、ザイードだったのだから。

「来たか。座れ」

俺とカイル、あと良く見たらアルファードもペルシアも絶句して口を開いている。マイナは……いまいち感情が読めんな。ただ、驚いているようには見える。

呪いのせいとはいえ、辺境伯に対しても、カイルに対しても、大きな混乱をもたらしたザイードは、後継順位を剥奪されていたはずだが、そういえばその間はなにをしていたのだろう？

「ザイードをオルトロスのところに残しておくのはまずいと思ってな、しばらく王都で反省させていたんだが、懲罰として仕事を振っていた」

ほう。そんなことになってたのか。

「カイルと違って、革新的な政策の才能はなかったが、与えられた仕事は確実にこなしてくれていてな。文官に召し上げるかどうか悩んでいたほどだ」

「マジか」

「ああ。実際驚いたぞ。……おそらく呪いで正常な判断力が失われていたんだろうな。カイルに対する恨みや嫉妬心で」

「なるほど」

言われてみると、あのオルトロス父ちゃん……ベイルロード辺境伯ほどの人物が、跡継ぎとして、カイルを外しても、ザイードは外さなかったんだ。きっと本来の性格は、優秀だったのだろう。

その呪いを刻んだ、ザイードの母親であるベラを許せねぇな。

「もちろん、ザイードは自分がしでかしたことに対して、深く反省している。どうだカイル。留守をこいつに任せてみては？」

カイルは大きく目を見開き、真っ直ぐにザイードを見つめる。

それまで無言を貫いていたザイードが、真剣な表情をカイルに返す。

「……カイル。私のことは信用できないと思う。バティスタ様にお話を聞いたときも、耳を疑ったほどだ。だが……私にチャンスをくれぬか？」

「チャンス……ですか？」

カイルは表情を引き締め、席に座り直す。

「ああ。私は、呪いのせいとはいえ、大事な弟に酷い仕打ちをした。許されることではないだろう。だが、もし贖罪《しょくざい》の機会を与えてくれるのであれば、私はこの仕事をやり遂げてみせる。ゴールデンドーンを、エリクシル領を任せて欲しい」

俺は驚いた顔のまま凍り付いていることだろう。

人というのはここまで変わるものだろうかと。

……いや。もしかしたら、これこそがザイードの本来の性格なのかもしれない。

俺がなにかを言うところじゃないな。全てはカイルに任せよう。こいつが決めたことに従おうと決意する。

カイルがじっとザイードを見つめ、しばし無言の時がすぎた。

「……ザイードお兄様は、一つ勘違いしています」

ザイードが片眉を持ち上げる。

「お兄様はとっくに許されているではありませんか。僕の代わりに、クラフト兄様の拳によって」

「あ」

俺は思わず声を漏らしてしまった。

そういや、ヴァンにあおられて、思いっきりザイードをぶん殴ったっけ。

「それに、陛下が優秀な文官を貸してくれるとおっしゃるのです。断る理由が見つからないですよ」

「それでは……」

カイルは表情を緩め、ようやく微笑んだ。

「はい。僕が留守の間、このエリクシル領をお願いします」

ザイードが一瞬固まり、泣きそうな表情を見せる。

「ああ。任せておきたまえ」

「はい」

そうか、カイル。お前はそう決めたんだな。兄弟であり続けることを選んだんだな。

たとえ呪いのせいとはいえ、今までずっと蔑まされてきても、許せるお前が誇らしいよ。

「よし！　これで問題は解決だな！　俺は王都に戻るが、開拓省副大臣のモーグと、ジャビールの元弟子で、バティスタの弟子のエルラを置いていく。上手く使え」

「ありがとうございます」

ヴァンに対して礼を言うカイル。

「名残惜しいが、俺は戻るか」

立ち上がろうとしたヴァンを、バティスタ爺さんが止めた。

「お待ちくださ い陛下」

「なんだ？」

「実は黄昏が、転移陣よりも上位の転移方法を、紋章から得たようです」

「なん、だと？」

　ヴァンが俺をジロリと睨む。

「お前、また国をひっくり返すつもりか？」

「いやいや！　一度だってそんなことしたことはねーよ！」

　ヴァンが、はぁとため息を吐き出す。

「あのな。エリクサーといい、錬金硬化岩といい、スタミナポーションといい、公開してないが通信の魔導具といい、どれもこれも、国を揺るがすに十分すぎるぞ」

「う……」

　いやまぁ、少しは自覚があるんだけど、国をひっくり返すとか言われたくはない。

「少しかよ。まあいい。それで転移陣の上位ってどんなものなんだ？」

　俺はさきほど先生やバティスタ爺さんにした説明を繰り返す。

「門と門をつなぐ転移法だと？　しゃれにならんな」

「便利そうだよな」

「アホか。どの程度の規模で作れるのかしらんが、最悪は軍隊を移動時間ゼロで送れるってことだぞ。戦略そのものが変わるわ！」

「お、おう」

「今の転移陣だとて、暗殺者を送るとか、危険性はでかいんだぞ」

「なるほど」

「だからこそ、隠匿し、信用できるところにしか設置せん。……もっとも今はオルトロスのところと、ここにしかないがな」

本当にカイルの父ちゃんは信用されてるなぁ。さすがこの国最大の領地を与えられてただけのことはある。

……ああ⁉

前にヴァンが、唐突にリーファン町……元ザイード開拓村に、忽然と現れたのは、そこを経由したんだな⁉

辺境伯の城からなら、ゴールデンドーン産の馬を使えば、王都から来るのと比べ、圧倒的に旅路は短くなる。

いらん確信を得てしまった。

「それでバティスタ。その転移門？　がどうしたというのだ」

「はい。どの程度量産できるのかはわからんのですが、転移陣の代わりに、城とここに設置してみませんかの」

「ふむ？」

ヴァンは目で続けろと促す。

「ここゴールデンドーンと王城は遠く、いくら街道が整備されたとはいえ、物資の輸送には時間がかかりますじゃ。硬化岩用の錬金薬だけでも直接運べたら、砦群の建設がはかどると思いますのじゃ」

　なるほど。それは確かに。

　俺の持つ、黄昏の錬金術師の紋章を使わないと、錬金薬の大量生産は難しいみたいだし、いいアイディアだ。

　馬車でも運べるが、輸送費が跳ね上がるし、商人に任せると、途中で売りさばいたりするから、時間も量もロスが出る。

「さすがバティスタだ！　よし、クラフト！　今すぐ設置しろ！」

「今すぐ⁉」

「おう！」

　相変わらずむちゃくちゃだよ！　この王様！

「あー、リーファン。作れそうか？」

「門自体は、たぶんストックしてる素材でなんとかなると思うよ。カイル様の持ってる、オリハルコンの使用許可が出ればだけど。クラフト君は転移門用の魔導具は作れそう？」

「いくつか足りない素材はあるが、冒険者ギルドに依頼すれば、数日で揃うと思う」

　転移門を制作するのには、鍛冶師の領域と、錬金術師の領域が異なる。担当が違うのだが、鍛冶王《アンドヴァリ》の紋章を得たリーファンは、問題なく作成できそうだ。

「ヴァン。おそらく一週間くらいで一セット作れると思うぞ」

「よし。あの隠し部屋に入る程度の大きさで作っておけ。完成したら今ある転移陣でこっちに来て設置しろ」

転移陣は数人移動するくらいしかできないが、俺の空間収納と組み合わせれば、そんなに苦労はないだろう。

ただ、設置のしやすさなど考えると、リーファンに頼んで組み立て式にしてもらったほうがいいかもしれない。

「できそうか?」

「任せてよ!」

大丈夫そうだ。さすがリーファン。

こうして数日後に、王都とゴールデンドーンを結ぶ、転移門が完成する。

……のちのち、転移門が、とんでもない活躍をすると、このときは思いもしなかった。

トラブルは、遠方より現れるって話

転移門の完成前に時間は戻る。

俺とリーファンは地獄のような忙しさに追われていた。

そりゃもう、嵐のように。

まず、俺は冒険者ギルドに駆け込み、超特急料金を積み上げ、レア素材の収集を依頼。

材料が揃うまでに、予定していた各種ポーションの作り置きを繰り上げ作成していく。俺は小国家群に行くので、その間に販売する分のポーションを大量にストックしておかねばならないのだが、ただでさえカツカツのスケジュールが、予定変更で寝る間も惜しいほど、時間が足りない。

せめて、リーファンに手伝ってもらえるなら、もう少し余裕ができるんだが、そのリーファンも、予定変更のせいで、同じ状況である。

「やべぇな。このままだとストック数が減るかも」

「ぬう……それは少し困るのじゃが、陛下の命令を断るわけにもいかんのじゃ」

手伝いをしてくれているジャビール先生も、額からだばだばと流れる汗を袖で拭う。

俺はともかく、先生の体力が持たないぞ、これ。

伝説品質のスタミナポーションを飲んで、これだけ汗をかいているということは、相当無理をしているはずだ。スタミナポーションは全力の八割くらいまでの疲労を打ち消してくれるが、それ以上を続けると、さすがに疲労が出てくる。

「陛下の突拍子もない行動には慣れてはいるのですが、さすがに堪えますね」

呆れたように零したのは、先生の元弟子である、エルラ・ルイラだ。

ヴァンの野郎に置いていかれ、俺たちを手伝ってくれている。

「それでも俺はマシなほうですよ。先生とエルラさんっていう、世界でも有数な錬金術師が二人も手伝ってくれてるんですから。リーファンのほうが大変です」

「うむ。この街に集まる職人は優秀な者も多いが、リーファンとは差がありすぎるのじゃ」

「ギルド総長がいなかったら、書類仕事もやらなきゃならなかったから、マシだとは思うんですが」

まぁ、グリム総長というより、その部下であるシンデリーが優秀というべきかもしれんが。

「神よ！　今すぐここに超有能な鍛冶師をつかわしたまえ！」

「むちゃくちゃ言うでないのじゃ！」

まったくやれやれと、額を押さえて首を左右に振る先生。

そんなアホな軽口を叩きながら、錬金釜をかき回しているところで、生産ギルドの受付から、とんでもない大声が聞こえてきた。

「なんだ!?」

俺たちは慌てて階段を駆け上がる（錬金部屋は地下なのだ）。

すると、妙にガタイのいいドワーフが部屋を揺るがすような大声を上げていた。

「じゃから！　リーファンを出せと！　言っているだろう！」

すげぇ。腹にずんと響く声だぜ！

そのドワーフの相手を、プラム・フルティアが頑張っている。

どういうわけか、いつまでたっても生産ギルドの新人扱いされる謎の子だ。

「ですから、リーファンギルド長は現在とても忙しく、緊急の面談以外はお断りしている状況で……」

「俺様が来たんだぞ！　緊急だろうが！」

謎理論を豪快にまき散らすドワーフ。

背は低いのに、その迫力はドラゴン並みだ。

こりゃ、プラムの手に負えねぇな。

「あー、ちょっと失礼。リーファンに用事があるのか？」

「む？　そうだ！　あの小娘がここにいると聞いてな！　俺様が直々に来てやったんだ！　ミスリルを出せ！」

支離滅裂すぎて、意味がわからんわ。

「あー、えっと。リーファンに会いたいのか、ミスリルを購入したいのかはっきりしてくれよ」

「ミスリルは！　リーファンからもらうわい！　とにかく！　あの小娘を出せ！」

いったいなんなんだこいつは。小娘呼ばわりするし、敵なのか？　倒すか？

「短気は損気なのじゃ」

「……攻撃したりはしませんよ」

よほどわかりやすい顔をしていたのだろう、速攻で先生から突っ込みが入る。

「あー、どのみちギルド長は外出してる。出直してくれ」

「いやじゃ！　俺様は今すぐにでも、硬ミスリルを打ちたいんじゃ！」

「いや！　会話しろよ!?」

なんだこの傍若無人なドワーフは!?

先生！　短気はこいつのほうです！

とりあえず、生産ギルドから摘まみ出そう。

「他の人の迷惑なんで、それ以上ワガママ言うなら、強制的に帰ってもらうことになるぞ？」

「ほう？　やってみるか！」

ドワーフが巨大なハンマーを構える。まるでリーファンが持っているような巨大なやつだ。

受付の空気が一瞬で変わる。

「はわわ！　はわわ！」

いや、落ち着けプラム。

俺はベルトに差している、試験管型ポーション瓶を指に挟む。トリモチの錬金薬で動きを止めればおとなしくなるだろう。

まさに一触即発。

そんな張り詰めたタイミングで、ギルドの入り口から驚愕《きょうがく》の声が響いてきた。

「ちょっ⁉　なにしてるのクラフト君⁉」

慌てたように入ってきたのは、もちろんリーファンである。

「ギルド内で喧嘩なんて……え？」

リーファンが、俺の前に立ち、いったい誰とやり合っているのかと、ドワーフに振り向いて、硬直したように身体を止めた。

「師……匠？」

「おう！　小娘！　壮健そうだな！　ではミスリルを出せ！」

前後に脈絡のない叫びを上げるドワーフ。

これがリーファンの師匠、ヴェルンド・アルヴィトとの出会いであった。

うん。最悪の出会いだわ。

◆◆◆

カーンカーンと金属を叩く槌の音が響き渡る。

ここはリーファンの鍛冶部屋で、槌を振るっているのは、もちろんドワーフのヴェルンドだ。

「ふう。ようやく静かになったぜ」

「ごめんね、クラフト君。師匠が迷惑かけて」

「いや、気にしないでくれ。むしろリーファンがあと少し遅かったら、実力行使に出るところだった」

「師匠は昔から誤解されやすくて、しょっちゅう喧嘩してたよ」

どこか楽しげに笑うリーファン。

その様子を見るに、彼女の敵というわけではなさそうだ。

「小娘とか呼んでたから、難癖でもつけにきたのかと思ったぞ」

「私が昔住んでた村が全滅したあと、交友のあった師匠を頼ったんだよ。それ以降、住み込みの弟子にしてもらったんだ。私からしたら親同然なんだ」

「そうだったのか」

ヒュドラによって村が全滅したあと、リーファンがどうしていたのか気になっていたが、ちゃんと暮らせていたのか。

少しばかり安心した。

「師匠は凄いんだよ。おそらくこの王国でも一、二を争う鍛冶師なんだから！」

「……天才ってのは、どこか頭のネジが吹っ飛んでるのが常識なのか？」

「あはは。鉱石以外になんの興味もない人だから」

「まぁ、わかる」

リーファンと出会ったヴェルンドは、鉱石を寄越せという挨拶（？）で、早速リーファンの鍛冶部屋を占領してしまったのだ。

変人すぎる。

まぁ、変わり者だが、悪いやつでなかったのは僥倖だ。

「うぉおおおお！　伝説品質のミスリル・ハードフォージングオイルに、純度の高いミスリル鉱石！　これは滾《たぎ》る！」

「どうでもいいが、あの声はなんとかならんのか。叫びっぱなしだぞ」

「あれが師匠のデフォルトなんだ……」

申し訳なさそうに身を小さくするリーファン。いや、お前が悪いわけじゃないから。

「師匠のいた工房は山奥にあったんだけど、たくさんの弟子がいたから、凄くうるさくて……」

俺は、たくさんの職人が槌を振るう、巨大な鍛冶工房をイメージした。

「あー、なるほど。それで怒鳴るのがデフォになったと。怒ってるわけじゃないんだな」

「そうだけど、怒りっぽいのも本当なんだ」

「なんて難儀な」

ドワーフは気難しい種族だが、それでもヴェルンドはずば抜けてるぞ。

「でもね！　いいニュースもあるんだ！」

「なんだ？」

「この街が気に入ったから、ここで暮らすって！　それで生産ギルドを手伝ってくれるって！」

リーファンが嬉しそうに跳ねる。

親代わりが街に住んでくれるなら、そりゃ嬉しいだろう。

「違うよ、クラフト君。師匠の腕なら、今まで私が作っていた全ての鍛冶ができるんだよ！　金属限定だけどね」

「全部⁉」

「そうだよ！　鍛冶王《アンドヴァリ》でしか作れない製品と、師匠に興味のない錬金硬化岩は無理だけど、私が受け持ってた金属関係を、全部任せられるんだ！　師匠ならオリハルコンの加工もできると思うよ！」

「それって……」

「うん！　これで心置きなく、私も使節団に入れるよ！」

おおおおおお！

神よ！　感謝します！

……でも、ちっとばかりご都合主義じゃね？

なにはともあれ、こうして少しばかり余裕の作れた俺たちは、なんとか転移門を完成させたのだった。

事前準備は、手を抜けないって話

転移門の威力は絶大だった。

人が五人ほど横に並べる程度の大きさに設計したので、手押し車くらいなら出入り可能。

今も、王都で不足していた硬化岩の錬金薬が大量に運び出されている。

「……こりゃもう隠し部屋で秘密にするのは難しいんじゃねーのか？」

荷物の運搬をしているのは、王都の信頼できる人物だけなのだが、さすがに出入りが激しすぎる。

ヴァンとバティスタ爺さんも、苦虫を嚙み潰したような表情をしていた。

「ああ。だが、今までのアーティファクトとは違い、量産が可能になったのだ。秘匿するより、転移門を使った流通網を考えたほうが建設的だろう」

「まぁ、そうなってくれると、移動が楽でいいよな」

おかげで、ヴァンの野郎がしょっちゅう荷物と一緒に、遊びに来るようになってしまったが。

まぁ、大半の時間は執務室で、カイルと一緒に仕事をさせられている。

国王陛下がなにやってんだよって話ではあるが。

転移に必要な魔石は多いが、今や魔石の一大産地となっているゴールデンドーンで直接補充できるので、コストは十分に安いらしい。

転移門の視察をしたあと、俺たちは城の執務室へと移動する。

そこではカイルとザイードが並んで仕事をしていた。

どうやらもう、わだかまりはお互いになくなったのか、自然な感じになっている。

ヴァンも自分の席（なんで陛下専用の机がこの街にあるんですかね？）にどかりと座り、積まれた書類を一枚取り出す。

しばらく目で数字を追っていたが、ため息交じりにぼやきを漏らす。

「しかし、もう少し錬金術師の数が増えんもんか」

それを聞いて、一緒にいたジャビール先生が顔を上げた。

「これはあくまで噂なのじゃが」

そう前置きして、ゆっくりと語り出す。

「古い文献によると、どうも昔に、錬金術師ばかりが住む里があったとあるのじゃ。真偽のほどは定かではないのじゃがな」

「錬金術師の里ですか」

それは凄い。

もっとも昔は、紋章そのものが珍しくなかったという話もあるので、それほど不思議な話ではないのかもしれないが。

「うむ。ほとんど情報の残ってない、古代の話なのじゃ。もし、今もその里が残っておったのなら、今の状況も改善するのじゃがなぁ」

「人類は一度滅びかけたんですから、無理でしょうねぇ」

　どうも、大昔に人類は繁栄していたらしいが、魔物によって滅びたらしい。正確には滅びたというか、ほぼ壊滅というべきか。

　わずかに生き残った人類が、少しずつ増えて、ようやく現在の人数にまでなったらしいが、太古の技術はまったくと言っていいほど残っていないと、先生に教わったことがある。

　まれにダンジョンなどで見つかることもあるが、そういった物はほとんどが、国が買い取っているらしい。

「そんな里が残ってたら、三顧の礼を以て、この国に来てもらうところだが……ないものをねだってもしょうがあるまい。クラフトやジャビールやバティスタが頑張ってくれ」

「だいぶ頑張ってると思うぞ!?」

「わはは！　まぁそうだな！　今後の活躍にも期待しておくぞ！」

「へいへい……」

　国王陛下直々に、応援という面倒ごとを押しつけられる未来しか見えない。甘言に乗せられて、変な役職を割り当てられないよう、気をつけよう。

　俺は生涯、いち生産ギルド員でいいわ。

　話の区切りがついたタイミングで、ザイードがこちらに顔を向けた。

「クラフト」

「なんです？」

「いくら陛下が普段の口調を許しているとはいえ、さすがに礼儀がなってないのではないか?」

いいや。そんなこと言われても、慣れない敬語を頑張ったところで、ヴァン本人にやめさせられてるんだが。

久しぶりに、俺に対して口を開いたかと思ったら、個人攻撃ですかい!

カイルも少し眉を持ち上げる。

俺への態度を不快に思ったのだろう、ザイードに対して口を開きかけたが、やつの次の言葉で完全に言葉を失った。

「陛下ももう少し、態度を改められてはいかがでしょう? 威厳というものは大事なものです」

おおう!

なんと俺だけにじゃなく、陛下にまで注文つけたぞ!? マジかよ!

俺とカイルはぽかーんと口を開けてしまったが、バティスタ爺さんは驚く様子もなく、やつの言葉に続けた。

「ザイードの言うとおりですじゃ。陛下はもう少し、国王という立場をですな――」

「ああ、わかったわかった。人のいる前では注意する」

「いつもそうやってお逃げになりますが、これは国の代表として、真っ先に――」

「バティスタ! この書類はこれでいいな!? 次の書類はどれだ!」

バティスタ爺さんは、諦めたようにうなだれたあと、積まれた書類から一束取り出して手渡す。

「忙しい時期が終わったら、王族としての教育をいたしますからな」

「そんな日がくればな」

ヴァンの投げやりな言葉に、バティスタ爺さんは天を仰いだ。

俺はこっそり、バティスタに尋ねてみる。

「あの、ずいぶんとザイードが失礼なことを言ってるみたいですが……」

「いや。やつはあれでいいんじゃ。懲罰代わりに城の仕事をさせてみたとき、有能さを周囲に見せつけ、すぐに陛下付きの文官と一緒に仕事をするようになったんじゃが、そのときからやつはあの調子じゃよ」

「ほんとですか!?」

やべぇ。ちょっと尊敬したくなってきたわ！

そうか。案外公平な男だったんだ。

まぁ、相変わらず貴族とかの立場にはうるさそうだが。

しかし、半分罪人扱いで連れて行かれたはずなのに、陛下付きで仕事をやっていたとは……ザイード恐るべし。

それだけ有能なら、留守を任せて問題なさそうだな。

カイルも少し嬉しそうに、引き継ぎの仕事に精を出しているし。

「なあ陛下」

「ヴァンでいい」

速攻で否定されたんだが。

それを見て、ザイードが額を押さえている。

うん。もうどうしようもないだろ、これ。矯正したいなら、今度にしてくれ。

「あー、ヴァン。小国家にはカイルではなくザイードを連れて行くのはどうだ？」

「却下だ」

「即答かよ。理由は？」

ヴァンが書類から目を上げ、顎をザイードに向ける。

「やつは確かに有能だ。だがそれは決められた仕事をこなす能力で、なにがあるかわからん場所で、自己判断できる能力ではない。カイルはその両方を持っている」

「カイルが褒められるのは嬉しいんだが、なら、そういう代官になるやつを、派遣してくれないか？」

「無理だ。辺境の押し上げで、砦をいくつも建造していると何度も言っただろう。その手のスタンドプレーができる人材は、むしろこっちが欲しいくらいだ」

人類の生存権を広げるため、ヴァンは砦を乱立している。そうか、確かに武人だけでどうにかなる問題ではないか。

小国家群との交渉も、魔物の領域を削るのも、どっちもあとに回せる問題じゃない。

もともと、王国や帝国は、比較的魔物の少ない地域で領地を広げていった。だが、人口が増えることで、次第に危険な領域まで生活圏を広げなければ、立ち行かない状況になっている。

クラフト小麦（マジで名称変えてくんねぇかな）の量産で、ある程度の食料問題は解決したが、まだまだ対症療法みたいなもんだからな。

「……つまりヴァンは、カイルに行って欲しいんだな」

「それが望ましいとは思っているが、決め切れん」

「なるほど」

こりゃ、覚悟を決めるしかないな。

「カイル」

俺はカイルの正面に立つ。

「使節団のメンバーを決めたぞ」

「はい」

少し緊張した表情で俺を見上げてくる。

「メンバーは、俺、リーファン、リュウコ、レイドック、ソラル、エヴァ、カミーユ、マリリン、ジタロー」

そこでいったん言葉を句切ると、カイルが不安げな表情を浮かべた。

「それにカイルだ。大変な旅になるぞ。覚悟はいいな？」

「はい！　もちろんです！」

こうして、使節団のメンバーは決まった。

レイドックたちの事前調査が終わり次第、出発だ！

どんな問題があっても、カイル。お前は守ってみせる！

……。

もっとも、小国家群に入る前から、問題が起こるとは、思ってもいなかったのだが。

どうなってんだよ！

▼嫌われ役も、必要だよねって話

マイナがふくれていた。

いかにも「私、怒ってます」という態度を崩さず、頬を膨らませたまま、そっぽを向いている。

その様子を、ペルシアが困ったような、慈しむような目でうかがっていた。

使節団の出発準備に追われる中、俺は気づいてしまう。なぜかマイナも出かける準備をしていることに。

荷物の大半は、俺の〝空間収納〟に収めるため、専用の倉庫に集めてもらっていたのだが、そのメンバー別の私物コーナーに、なぜかマイナのスペースが取られていた。

そして、ちょこちょこと、マイナが荷物を運んでは、置いていく。

……服ばっかりだな。

俺はマイナにべったり護衛しているペルシアを睨む。

真剣に荷造りしているマイナから、数歩下がり、ペルシアに小声で話しかける。

「おい。なんでマイナが準備してる」

「使節団のメンバーを決めたのは、お前だろう。なら、お前から伝えるべきだと思ってな」

こいつ！　面倒ごとを俺に押しつける気か⁉

「いやいや！　護衛なら止めろよ！」

「マイナ様の部屋と、この倉庫との往復は、マイナ様にちょうどいい運動量なものでな」

「そういう話をしてるんじゃねぇよ！」

語気が荒くなってしまったからだろう、マイナがこちらに顔を上げた。

俺に気づいた、マイナが嬉しそうに寄ってくる。そして、どうだとばかりに荷物を指さしたあと、鼻息荒く胸を反った。

これが必要なことなら褒めてやるところなのだが……。

俺は一度、ペルシアに恨めしい視線を投げたあと、ため息交じりにしゃがんで、マイナと視線の高さを合わせる。

「マイナ。今回の視察団に、お前は連れて行かない」

しばし、目を瞬かせたマイナが、不思議そうに首を傾げる。

「……う？」

どうやら、上手く理解できなかったらしい。おそらく、一緒に行けないなど、考えてもいないのだろう。

「マイナは留守番だ」

「留守……番？」

「そうだ。俺たちが行くのは危険な場所だ。そんなところにお前をつれてけない。学園だってあるだろ？」

俺が言い聞かせると、信じられないものを見る目で、俺を見上げたあと、思いっきり頬を膨らませ、そっぽを向いたのが、冒頭である。

ぷんぷんという、オノマトペが見えそうな勢いで、機嫌を悪くしているマイナ。

「ペルシア。お前がなんとかしろよ」

「ふふ。怒っているマイナ様も可愛らしい」

「うぉーい⁉」

だめだこのポンコツ。早くなんとかしないと！

俺がどうにかマイナを言い含めようと、悪戦苦闘しているところに、カイルとザイードが並んでやってくる。護衛はアルファードと聖騎士だ。

「クラフト兄様とマイナ？　いったいどうしたんですか？」

「ん？　ああ。カイルからも言ってくれ。マイナが一緒に行けなくてふくれてる」

カイルが目を丸くしてから、マイナの前に立つ。

「マイナ。気持ちはわかるけれど、連れて行くことはできないよ。小国家群は、たくさんの都市国家が乱立している場所で、一つ一つの国が別の政治を行っているから、本当になにが起こるか予想がつかないんだよ」

カイルが優しく諭すが、マイナは横を向いたまま、ピクリとも動かない。

すると、ザイードがずいと一歩踏み出す。

「マイナ。聞いているぞ、学園の成績が芳しくないようだな」

そこで初めて、マイナがぎくりと身体を震わせ、チラリとザイードに視線を向けた。

「領主一族としての貴族教育も、遊びほうけてサボっていると聞いている」

マイナの額から、汗がつーっと流れる。

「ジャビールから、マイナは残っていた呪いもとけ、すこぶる体調が良くなったと聞いているが、運動はしているのか？　勉強は？　礼儀作法は？　まさか、貴族教育だけでなく、エリクシル領の住民として課せられた教育義務から逃げるために、荷造りをしているのではなかろうな？」

ジロリと見下ろすザイードに、マイナがだらだらと汗を流す。

「自らに課せられた義務すら成し遂げていないものが、領地の……いや、陛下に賜った任務につけると思うのかね？」

「う……お兄様……嫌い！」

きつい言葉に、とうとうマイナが涙目になって、走り去ってしまった。

マイナにも自業自得な部分もあるから、聖女の涙を回収させて欲しいと思ったのは内緒だ。嫌われてしまう。

「ザイード。さすがに言い過ぎなんじゃないか？」

「……」

ザイードが無言でこちらを睨み返す。

「クラフト、ちょっと付き合って欲しい」

俺の返事を待たず、ザイードが歩き出す。聖騎士がついていこうとするが「護衛はいらん」と追い返す。

スタスタと進むザイードに、やれやれとついて行った。

◆◆◆

やってきたのは、城下を見下ろせる、大きなベランダだった。

掃除をしていたメイドが、お茶の準備をしようとしたが、手の一振りでベランダから追い出す。

……貴族としての威厳は完璧なんだよな。こいつ。

ザイードが手すりに寄りかかったので、俺も横に並ぶ。

「……嫌われ役は、私一人でいいのだよ」

「え？」

風でかき消えそうなほど、小さな、つぶやきだった。

「領地経営はきれい事だけでは済まぬ。時には恨まれるような決断をしなければならない」

俺は少し姿勢を正して、続きを聞くことにする。

「カイルは優秀だが、優しすぎる。そしてだからこそ、領民の支持を得ている。それは逆に、領民が期待するカイル像から外れたとき、一気に幻滅される恐れがあるということだ」

そういえば、カイルの父親である、ベイルロード辺境伯もそんなことを言っていた気がする。

まぁ、ヴァンに一蹴されてたが。

「だから、悪役が必要なのだよ。カイルの横に立つ、悪役を一手に引き受ける悪役が」

びゅうと、風が髪を巻き上げる。

「その悪役を、あんたがやろうってのか？」

「そうだ。私向きだろう？」

そこで初めて、ザイードがわずかに口角を持ち上げた。

それは、カイルに対する贖罪なのか。

「そうではない。私は陛下より直々に、この領地の運営を任されたのだ。だから、もっとも効率が良い方法を取っているのにすぎぬ」

「そうか」

俺たちは、しばらく、ただ風の音を聞いていた。

「クラフト。カイルを頼む」

「言われるまでもない」

「いや、そういう意味ではない」

俺は片眉を持ち上げる。

「気づいていたか？　カイルもマイナも、貴様のことは『兄様』と呼び、私やフラッテンのことを『お兄様』と呼んでいることに」

思い返してみると、確かにそうだった気もする。

「それが？　話がつながっていないみたいなんだが」

「それだけ、無意識にお前がカイルに信用されているということだ」

「それは、嬉しいな」

カイルにそこまで信用されていたのか。

「今回の使節団だけの話ではない。これから先も……カイルの支えになってやってくれ」

ようやく話がつながった。

そして、俺はそれに否を唱える理由がない。

「ああ。任せとけ」

「私も……」

ザイードが流れる雲を見上げた。

「いずれ、兄様と呼ばれるよう、努力しよう」

「そうか」

こうして、俺たちは話を終える。

大丈夫だ。

カイルが領主であるかぎり、俺たちの未来は明るいに決まってる。

俺が拳を握ると、そこにぽつりと、雨粒が落ちた。

気がつかないうちに、急に空模様が悪くなっていたらしい。

太陽を遮る雨雲が、一瞬で空を覆ってしまった。

まるで、俺たちの決意をあざ笑うかのように。

旅立ちはいつだって、わくわくするよなって話

出発の日は、ずばーんと晴れ渡った。

青空がどこまでも広がり、雲一つない。まさに出発日和である。

領民の多くが、港に集まり、蒸気船を囲っている。

リーファンの技術と、ジャビール先生の知識の集合体である、水分蒸発薬を使った、蒸気機関で動く鉄の船。

その巨体と丈夫さで、水生魔物を寄せ付けない。艤装も、テスト航行も終わっており、本日が正式な出航となる。

出発式典に備えて、カイルと俺たちは控えているのだが、ここにマイナはいない。

控え室として、大型のテントが設置されていて、俺たちはそこでくつろいでいた。

「実は昨日の夜も、マイナと言い争いになってしまいまして。今日は部屋に引きこもってます」

「そうか……、納得いかないんだろうな」

「はい。ですが、遊びに行くわけではありませんから」

そうだなと、俺はカイルの肩を叩く。双子の妹に見送ってもらえないのは寂しいだろう。

俺は少し暗い顔をしているカイルのために、話を変える。

「そうだ、あれを見てくれ」

俺は、これ見よがしに展示されている馬車を指す。

「間に合ったんですね」

「ああ。カイルは馬で行くと言っていたが、領主が戦争でもないのに、馬に乗って移動するのは良くないって、ザイードに注意されてな。急いで馬車を作ったんだ」

白をベースに、黒と金のアクセントが効いている、美しい二頭立ての馬車が、領民に見えるよう、目立つ場所に展示されていた。

式典が終わったら、カイルはこの馬車に乗り込んで、そのまま乗船する予定である。

馬車を牽いているのは、俺のブラックドラゴン号と、カイルのホワイトファング号だ。

馬車はリーファンの技術の粋を集めて作られたのだが、その分重量が酷いことになっている。

それでもブラックドラゴン号がいれば、楽勝で牽くことはできるんだが。

単純に、カイルの愛馬も連れて行く関係でこうなっただけである。

「荒れ地にも強くて、車輪がはまり込むことも少ないらしいぞ」

「それは凄いですね。街道で活躍している馬車をさらに改良したのですね」

「あれは荷物用だけど、こっちは居住性も重視して揺れも少ないらしい」

「この旅で、有用だと実証できたら、陛下に献上しましょう」

「ああ、いいんじゃないか？　そんときには、さらなる改良点もわかってるだろうしな」

「はい」

どうやら話を上手く逸らせたらしい。まぁ、カイルのことだから、わかってて乗ってきてるとは思うが。

ちょうど話に区切りがついたところで、ザイードとジャビール先生がテントに入ってきた。

「カイル。もうすぐ出番だぞ」

「はい。お兄様」

どこか嬉しそうに答えるカイル。

「カイル様も、貴様も、気をつけていくのじゃぞ」

「はい」

「大丈夫だ。万が一のときでも、カイルだけは絶対に守る」

俺が胸を張って答えると、先生は呆れたように息を吐く。

「はぁ。カイル様はもちろんなのじゃが、貴様も重々自分を大切にするのじゃ」

「えーと。はい。わかりました」

ほんと、先生は優しいな！

すぐにカイルは、港に設置された壇上にあがる。

拡声の魔導具を掴んで、ゆっくりと語り出した。

「皆さま、私たちの生活は安定し、少しずつ豊かになっています。ですから、私たちは次の段階に進まなければなりません。それは、分断された人類の生存圏をつなげ、お互いに手を取り合うことです！　国王陛下から、直々にこの名誉ある任務を任されたことを、私は誇りに思います。しばらく領地を離れますが、その間も、皆が頑張ってくれることを期待しています」

カイルが魔導具を置くと、港中に、わあああああぁと歓声が巻き起こった。

背後に控えていた俺は、カイルと一緒に馬車に乗り込む。ちなみに御者はメイドのリュウコである。

こうして俺たちは、大歓声に送られながら、出航したのである。

◆◆◆

今現在、この船には使節団メンバーのほかに、たくさんの兵士が同乗していた。

理由は簡単で、レイドックたちが乗っていないからである。彼らはすでに、対岸にベースキャンプを作って待っているはずだ。

巨大な水車のようなパドルが水をかき、鋼鉄の船が力強く進む。

たまに、水の中から魔物が姿を現すが、船に設置された大型の弓と、兵士たちの投げ槍で、あっという間に撃退される。兵士たちはちゃっかり魔物の死体を網で回収し、魔石を取り出しているのが逞しい。

川幅が巨大なこの大河は、今までの船で渡ろうとすると、命を賭けることになる。それでも一部の商人や冒険者は危険を覚悟で渡っていたりしたが。

この水平線まで延びる大橋が完成すれば、文明を分断していた大河を、安全に行き来できるようになるだろう。

一足先に、この鋼鉄の蒸気船が完成したのは僥倖だった。

「そろそろ着く頃なんだが……見ろ！　カイル！　対岸だぞ！」

「はい！」

俺は暇な時間を甲板で過ごしていたのだが、手招きするとカイルも駆け寄ってくる。

「あそこからは、もう王国領地ではないんですね」

「ああ。気を引き締めていかないとな」

「はい」

対岸には、はしけを利用した桟橋が完成していた。蒸気船の欠点は、ある程度水深がないと座礁してしまうことなのだが、どうやら先遣隊はそれを見越して、深い水深まで桟橋を延ばしてくれていたらしい。

「空間収納があるから、ボートで上陸でも大丈夫だったんだがな」

「クラフト兄様がいればそうでしょうけれど、これから交易をするとなれば、必須ですよ」

「それもそうか」

「交易港の設置許可をもらうところから始めないといけませんが」

カイルが表情を引き締める。

ここはもう、王国が主張する領土の外なのだ。高度に政治的な判断が要求される場面が増えるだろう。

俺たちが船を下りた先には、いくつかのテントが設営されていた。

「よう、来たな」

出迎えてくれたのは、もちろんレイドックとその仲間たちである。

テントの方には、冒険者もいるようだが、彼らはその場で待機していた。

「ずいぶん立派な桟橋をこさえたな」

「蒸気船の艦長が、テスト航行ってことで、何度も物資を運んでくれたんだが、そんときにはしけも引っ張ってくれてな」

「なるほどな」

「カイル様、まずはテントにどうぞ。その間に荷下ろしはしておきます」

「はい」

「荷物っていっても、馬車くらいだぞ？」

その他の荷物はすでに全部、空間収納の中だ。

「桟橋のテストもかねてるらしい。船員に任せておけばいいさ」

「なるほどね」

振り返ると、さっそく荷室から、馬と馬車を運び出そうとしている。ここにいたら邪魔だろう。

俺たちはテントへと移動した。

「それでは報告させていただきます。このベースキャンプを中心に、ある程度の範囲を捜索しました」

「はい。それでどこかの国と接触できましたか？」

「いいえ。国どころか、村すら見つかりませんでしたよ。事前に収集していた情報通りですね」

「そうですか」

カイルは少し考え込む。

「ならば、この場所に、簡易的な港を作っても、問題なさそうですね」

「錬金硬化岩を使った、本格的な港じゃなきゃいいんじゃないか？　文句言われたら、壊せばいいし」

「そうですね。船長には建設を進めるよう伝言を頼んでおきましょう」

メイドのリュウコが、すっと紙とペンをカイルの前に置くと、カイルはさらさらと指示書を書き上げた。

「では、ここは冒険者の皆さまに守ってもらって、私たちはさっそく出立しましょう」

「休まないのですか？」

「はい。スタミナポーションも飲んでいますからね」

「なるほど。では早々に出ましょう。こちらの準備は終わってます」

外に出ると、リーファンやジタローも降りてきていて、船から馬を下ろす手伝いをしていた。

空間収納は生き物を入れることができない。入れようとしても、そもそも発動しないのだ。

だから、馬や二足鳥などは、こうやって船で運ぶしかない。はやく大橋が完成して欲しいものだ。

使節団が、馬車を中心に、ずらりと並ぶ。

カイル、俺、リーファン、リュウコ、レイドック、ソラル、エヴァ、カミーユ、マリリン、ジタロー。

全員を前に、カイルが声を上げた。

「それでは、小国家群使節団をここに結成することを宣言します！」

「「「おう！！！」」」

こうして、俺たちの冒険が始まった！

……この時、俺は馬車を空間収納を使って、船から降ろさなかったことを、後悔するとは思ってなかったのだが。

驚きは、最後にやってくるって話

俺とカイルとリーファンとレイドックは、馬車に乗っていた。

すでに使節団は、河原のベースキャンプを出立し、爆走している。

速度が速度なのと、まともな道がないので、馬車はかなりの揺れだ。

それでも……。

「普通の馬車だったら、とっくに壊れてるな」

俺のつぶやきに、リーファンが目を輝かせて反応する。

「そうでしょ！　車軸と車輪にはドラゴンの骨を混ぜた、特殊な硬ミスリルを使ってるだけじゃなくて、ヒュドラの革とスプリングを何重にも重ねた、衝撃を吸収する装置もつけてあるんだよ！」

リーファンに頼まれた錬金薬はいくつも作ったが、鍛冶とどうつながるかはあまり理解していなかった。そんな使い方をしてたのか。

「ほう。よくわからんが凄いもんなんだよな？」

「もちろん！」

「さすが鍛冶王《アンドヴァリ》」

「その呼び方は、なんか照れるからやめて欲しいな」

「黄昏って呼ばれる俺の気持ちがわかったか」

「呼んでるのは、陛下やバティスタさんくらいだよ」

「それもそうか」

それに実を言うと、最近は割と慣れてきている。リーファンもそのうち慣れるだろう。

「凄いって言ったら、ジタローさんも凄いよね」

これにはレイドックが答える。

「ああ。あいつのレンジャー能力、ちょっとやばいぞ。ソラルが霞んで見える」

「そんなに？」

「ソラルは弓女神《アルテミス》の紋章になったが、別に今までのレンジャー能力が落ちたわけじゃない。にもかかわらず、ジタローの野生の勘というか、能力というか、とにかく、洒落にならん。今、俺のパーティーだと、むしろソラルよりカミーユのほうが、レンジャーとしての能力は高いんだが、それでもジタローは段違いだな」

現在ジタローは、カミーユと一緒にパーティーの先頭を進んでいるのだが、レイドックの言うとおり、やばいほど能力を見せつけている。

さきほども少し述べたが、ベースキャンプの周囲には村すらない。つまり、このあたりは辺境で、道などない。それなのに馬車が爆走できる理由は、全てジタローのおかげである。

「んー。こっちのほうなら、馬車が通れる気がするっす！」

「あっちに遠回りしたほうが、いい気がするっす！」

「この崖を登ったら、向こうがひらけてる気がするっす！」

こんな調子で、なにを基準にしているのかわからないが、ジタローが選ぶ進路は、不思議と馬車が通れるだけのスペースがあるのだ。

もちろん、馬車と馬が優秀なので、本来馬車が走ることもできない急勾配を登っていけるなどの理由もあるのだろうが、それでもちょっと尋常じゃない。

激しく揺れる馬車の中、カイルが無理矢理笑みを作る。

「これなら予定していたより、かなり時間を短縮できますね」

「それは間違いないな」

俺が頷くと、レイドックが少し心配そうにカイルに視線を向ける。

「想像以上に距離を稼げていますから、少し速度を落としましょうか？」

「いいえ。このまま行きましょう」

「……わかりました。なら、このペースを保ちます。ですが無理はしないでくださいね」

「約束します」

カイルの様子を見に来ていたレイドックは、そのまま爆走する馬車からひらりと飛び降り、そのまま猛ダッシュする。土煙を上げ疾走する姿は、暴走する馬のようだ。

馬といえば、今回ジタローは、愛ポニーのスーパージェット号は連れてこなかったようである。

まぁ、マタギの紋章を手に入れたジタローは、並みの馬より速いしな。

レイドックと入れ替わるように、エヴァが馬車に乗り込んでくる。エヴァとマリリンはこうやって、定期的に馬車で休まないと、体力馬鹿に付き合えない。

俺はカイルの直掩《ちよくえん》で良かった。

馬車には六人は余裕で乗れるが、護衛が馬車に乗ってたら意味がない。

全員が馬車に揺られる旅なら、もっと楽しいんだがな。

「ふう……失礼します、カイル様」

「はい。ゆっくり休んでくださいね」

「ありがとうございます。それにしても、ジタローさんの能力には驚きました。あの速度を維持したまま、最適なルートを選ぶのは、カミーユでも無理ですよ」

「うーん。ジタローが役に立ってるってなんか違和感があるな」

俺が腕を組むと、エヴァが苦笑する。

「俺スゲーアピールが、うざったいですけどね」

「ジタロー……」

お前、それがなければ、もうちょいモテてるんじゃねーのか？

「カイル様。ジタローが正しいルートを選ぶたび、振り返ってドヤ顔するのを禁止してください」

「あはは……」

エヴァは割と真面目な顔で訴えたが、カイルは困ったように笑いを返すのが精一杯だったようだ。

実害はないから、本人のやる気をそぐわけにもいかんだろ。

初日の道中は、だいたいこんな感じである。

空が夕暮れに染まる頃、俺たちはようやく足を止めた。

一般的な旅なら、もう少し早い時間から、野営の準備を始めなければならないのだが、俺とエヴァの空間収納が優秀なので、時間ギリギリまで粘れる。

馬車が止まると、真っ先にリーファンがぴょんと飛び降りた。

「さあ！　みんな野営の準備だよ！」

「「「おう！！！」」」

リーファンが簡単なかまどを組み上げ、マリリンは料理の手伝い。ジタローとソラルが燃料になる薪拾い。レイドックが護衛に立ち、カミーユは周辺の探索に出る。

俺とエヴァは、空間収納から、宿泊用の荷馬車や食材などを取り出していく。

リュウコは皆にお茶を配ったり、寝具の準備や料理の手伝いを始めている。

「それにしても、エヴァの収納力も増えたなぁ」

女性陣用の荷馬車を取り出す姿に、俺は感心する。

「自分でも驚いていますよ。賢者《ワイズマン》の紋章になってから、魔力効率が大幅に改善されましたから」

「そりゃ良かった」

「だからこそ、あなたの収納能力が異常なことを、より理解できるようになりましたけど」

俺の魔力量や、収納能力には、ジャビール先生も驚いてたくらいだからな。

「馬車を収納できるのだけでもとんでもないですが、いくら色つきの上位紋章とはいえ、巨大なドラゴンを丸々収納できたりはしないと思いますよ」

「前も言ったが、魔術師の紋章が絶望的に、身体に合ってなかったからな。それで魔力が鍛えられたんだろうって先生が言ってたよ」

「危険ですよね」

「ああ。だからこれは公表しないって、先生と決めてる」

わざと命の危険がある、相性最悪の紋章を刻む馬鹿が出てくるかもしれんからな。

そんな雑談をしていると、リーファンが馬車の荷台を開いていた。

そこには巨大な箱が置いてある。

「ん？　馬車に荷物なんてあったっけ？」

ほとんどの荷物は、俺かエヴァが空間収納にしまい込んでるはずなんだが。

不思議に思って、リーファンの横に行くと、流れでエヴァもついてきた。

「えっとね、陶器やガラス製品なんかを、木屑を詰めた大箱にしまってあるんだ」

「え？　なんで？」

「馬車の性能テストだよ。割れ物をどの程度運べるかの」

俺は顎に手を当てる。

「さすがに今回は特殊すぎて、参考にならないんじゃないか？」

「あはは。まさかここまで道中が激しくなるなんて思わなかったもんね」

ジタローのカンは鋭く、一見絶対に越えられないような崖を「ブラックドラゴン号とホワイトファング号なら行けるっすよ！」と言い放ち、スタミナポーションで自重なく育てられた二頭の馬は、鼻息荒く、あっさりと乗り越えていったんだから、頭を抱えたくなる。

「どっかの小国と貿易が可能になったとしても、このルートは使えねぇな」

「街道の整備は必須だね」

そのあたりのノウハウはあるので、許可だけもらえたら、エリクシル領の予算で一気に作ってしまうことも可能だ。

「さて、何個割れてるかな？」

リーファンがゆっくりと、大箱を開けると、俺たちは予想外のことに、頭が真っ白になった。

「……きゅう」

箱に入っていたのは、目を回したマイナだったのだから。

俺たちは呆然と、ぐったりとしているマイナを見下ろす。

なんで？

ほんとなんでよ⁉

「マイナーーーーーーー⁉」

俺の絶叫が、夕暮れ空に響き渡ったとさ。

たまの休みに、少しくらい期待したっていいよなって話

「マイナ様⁉」

「マリリン！　こっちに来て！　カイル様もお願いします！」

リーファンが悲鳴のような声を上げるのと、エヴァが鋭く周囲に指示を出すのは同時。

理由は不明だが、目の前の大きな箱に、マイナがぐったりと横たわっているのだ。俺が慌ててマイナを抱きかかえようとするのを、エヴァに止められる。

「先にマリリンに診せてください！」

「お、おう」

伸ばした手を、慌てて引っ込める。

すぐにマリリンとカイル。それにレイドックがついてきた。

ジタローとソラルも、騒ぎを聞きつけ戻ってくるが、そのまま周囲の警戒にあたってくれる。

「マイナ⁉」

「失礼しますね、マイナ様」

顔を青くしたマリリンが、マイナの脈や瞳孔を慎重に確認したあと、〝身体診断〟と魔法を唱える。

緊張した時間がわずかに過ぎたあと、マリリンが安堵の息とともに顔を上げた。

「どうやら、ただ目を回しているだけのようですー。運んであげてくださいー」

大神官《アークビショップ》の紋章を持つ、マリリンのお墨付きをもらって、全員が、崩れるように安堵する。

「状況はまったくわからんが、とりあえず良かった」

俺はマイナを抱き上げ、すでにリュウコが準備を終えていた女性用宿泊荷馬車に連れて行こうとするが、カイルは表情を厳しく引き締める。

「マイナ。起きなさい」

「ちょっ。さすがに寝かしておこうぜ」

俺は止めようとするが、カイルは影の深い笑みを浮かべる。

「マリリンさん。マイナの体調に問題はないんですよね？」

「は、はいですー」

マリリンがやや身を引きながら頷くと、カイルが、マイナを揺する。少しすると、「う？」と呟きながら、目を開き、焦点が合っていく。

マイナは状況が理解できないのか、抱き上げている俺の顔と、笑顔で睨んでいるカイルの顔を、何度も往復させたあと、はっと気づいた。

「あ……う」

「さあ、マイナ。説明してくださいね」

カイルが、ニコリと怒りを隠していない笑みを、マイナに向ける。俺はカイルのこんな怖い顔を初めて見る！

なんか、俺が怒られてる気分になってきた！

マイナがガクガクと震え、そして半泣きになりながら、全力で俺にしがみついてくるのである。

★　アルファード・プロミス

私の名は、アルファード・プロミス。

誇り高き、カイル・ゴールデンドーン・フォン・エリクシル開拓伯……カイル様の聖騎士隊隊長をしている。

もともとは辺境開拓の責任者として赴任された、カイル様とマイナ様の護衛として選ばれ同行していたのだが、現在カイル様は領主となり、私はこのように聖騎士隊を任されることになった。

聖騎士隊とは、裁判権も与えられた、領地の守護者であり、領主の直轄部隊であり、さらに有事の際には、軍を率いる立場となる。

当然、領主の護衛も、聖騎士の仕事だが、最近の私は軍組織の編成に忙しく、カイル様の護衛を部下の聖騎士に任せることも多くなっていた。

そんな忙しい中、カイル様は陛下より大事な任務を賜り、本日、領地を発ったのである。

カイル様がいないのは寂しいが、明日は久々の休みを取れることになった。

部下の聖騎士たちに告げる。

「私は明日一日、休養日となる！　諸君らも気を抜かず、職務に励むように！」

すると、ビシリと敬礼していた、腹心のデガード・ビスマックがニヤリと笑う。

「確かペルシアの姉さんも明日は休養日でしたよね？」

私は思わず息が止まる。

「そ、そのようだな。それがどうした？」

「いやー。別にー、何でもないですぜ？」

言葉とは裏腹に、デガードの顔には、面白がるような笑みが張り付いていた。

「とにかく！　明日は任せたからな！　デガード！」

「へいへい」

こうして久々の休みを取ることになったのだが、特にやることを思いつかない。

たまたま、明日の休みが一緒の同僚と、一緒に食事に行くくらい、問題ないんじゃないかと愚考するがいかがか？

うん。他意はないんだ。他意は。

私は、脳内のオーディエンスに言い訳をしながら、どうやって誘い出せばいいのか、持てる全ての知識と経験を総動員するのであった。

★　ペルシア・フォーマルハウト

私の名前はペルシア・フォーマルハウト。

誇り高き、カイル・ゴールデンドーン・フォン・エリクシル開拓伯と、マイナ・ベイルロード様の護衛である。

最近は、カイル様の護衛に聖騎士がついているので、私の仕事はもっぱらマイナ様の護衛が多い。

何度も言うが、誇り高き仕事だ。

さて、私は今、現在進行形で困っている。

マイナ様とカイル様が喧嘩をしているからだ。喧嘩と言っても、マイナ様がむくれているだけなのが可愛い。

今日はカイル様が小国家群に出立する日だというのに、マイナ様が部屋から出てきてくださらないのだ。

私はドアに、何度目かのノックをする。

「マイナ様、そろそろお着替えをしないと、式典に間に合いませんよ？」

マイナ様は領主の血族なので、早朝から準備をしておかねばならない。立場的には、辺境伯のご息女として、この領地に滞在しているのだが、カイル様と双子であられるマイナ様は、基本的に領主一族としての行動が求められる。

しかし、部屋の中から返ってきた声は。

「や！」

この一言だった。

　駄々っ子になってるマイナ様、可愛い。

　いやいや！

　それはそれでいいのだが、立場というものがあるのだ。

　私だけでなく、部屋に入る許可をもらえないメイドも、私と一緒に廊下でおろおろとするしかない。

　困ったぞ。誰か助けてくれ！

　内心で叫んでいたら、本当に助けがやって来た。

「ペルシア。マイナは出てきませんか？」

「カイル様！」

　私はぱっと振り向く。

　病気……というか呪いが完治したことで、日々凛々しくなられていくカイル様だった。

「はっ！　申し訳ありません！」

　私は即座に片膝をついて謝罪する。

「はあ。仕方ありません。マイナは欠席させます」

「よろしいのですか？」

「はい。ペルシアはこのまま待機して、マイナが出てくるようであれば連れてきてください」

「はっ！」

　やはりカイル様はお優しい！

「僕と兄様の二人が、いっぺんにいなくなるのが許せないのはわかるんですけどね……」

「カイル様はわかりますが、クラフトがどう関係するのです？」

私は素朴な疑問を述べた。

マイナ様が、あの錬金術師に懐いているのは知っているが、それはあいつが気楽に領主と交流を持てる立場だから、マイナ様が絡める人間があいつだけだったという話だろう？

今はご学友もたくさんいるのだから、やつがいないくらい、なんの問題もないではないか。

内心が読まれたのか、カイルは大きく目を見開いた。

「その、なんというかペルシアらしいですね」

「はっ！　ありがとうございます！」

そのまま式典に向かうカイル様を見送って、私は廊下待機し、時々お声をかけるも、途中から返事もしてくれなくなってしまった。

むくれるマイナ様、可愛い。

結局、マイナ様は今日一日、部屋に閉じこもったままだった。

日が落ち始めた時刻、さすがに食事だけでも取ってもらわないと困ると、メイドが私に訴えかけてきたのだが、私も同意見なので、仕方なくマイナ様の部屋の扉を開く。

護衛騎士である私は、マイナ様の命令に逆らって、部屋に入れる、数少ない人間なのだ。

部屋の中は薄暗い。

ベランダに続く大窓で、はたはたとカーテンが揺れている。

「……マイナ様？」

私は急に嫌な予感がし、剣の柄に手をやりながら、そっとベッドに近づく。

「いない？」

即座にメイドたちを入室させ、部屋中を探させるが、私の目は一点に注がれていた。

開きっぱなしの窓の先は、ベランダである。そこの手すりには、破ったシーツを結び合わせたロープがくくりつけられていた。

マイナ様の部屋のベランダは小さく、すぐ下の階には一回り大きなベランダがあり、ロープの先はそこに垂れ下がっている。

私は問答無用でベランダを飛び降り、階下のベランダに降り立った。

この部屋は現在使われていない空室である。

だが、ベランダと部屋をつなぐ窓は開け放たれていた。

そして、ようやく事態を理解する。

「ま……マイナ様がお逃げになられたーーーーー！」

私の声が、城中に響き渡るのであった。

不安だから、一緒にいたいよなって話

カイルの壮絶な笑みを向けられ、涙目で俺にしがみつくマイナ。

この状況なら、マイナの……聖女の涙を採取させてもらってもいいんじゃないかと、わずかに錬金術師としての本能がうずいてしまう。今回はマイナの自業自得だしなぁ。

だが、黒いオーラを漂わせるカイルの前で、そんなことをする勇気はない。

カイルが一歩踏み出すたびに、マイナが身をビクリと震わせる。カイルが近づき、二人の鼻がぶつかりそうになるほど近づくと、マイナはガクガクと身体を震わせるのであった。

下手に怒鳴られるより、百倍怖い！

マイナが視線で助けを求めてくるが、こんな怖いカイルを止められねぇよ！

俺は悪いことをしたわけでもないのに、マイナの恐怖が伝わり、一緒に震えるだけだった。

じっとマイナを覗き込んでいたカイルだったが、ふっと雰囲気を霧散させ、大きくため息を吐く。

「まさかマイナが、ここまでするとは思いませんでした」

俺もだ。

だが、よくよく考えると、最近はケンダール兄妹たちとつるんでいるのだから、このくらいやっても不思議はないなと、思い直す。

「……たしも」

ぼそりと、マイナが呟く。

「私も……行く」

「マイナ……何度も言いますが、これから行く場所では、なにがあるのかわからないんです。危険なんですよ。湿地帯で出会った八ツ首のヒュドラを忘れたんですか？」

あのときは俺たちの油断も大きかったが、マイナはヒュドラに狙われ、大木のうろに一人で隠れるという恐怖を味わったはずだ。

思い出したのか、マイナが身体をびくりと震わせる。

「だから……」

「え？」

「だから！　一緒に行くの！」

マイナは俺にしがみつきながらも、カイルの袖を強く握りしめる。

「一人で……待ってるのは……イヤ！」

マイナの明確な主張に、俺だけでなく、カイルも大きく目を見開いた。

「マイナ……」

カイルが困ったように、マイナを見つめる。

俺は少し考える。

「レイドック」

「なんだ？」

そばに来ていたレイドックに顔を向けると、やつは全てわかってるとばかりに、口元を歪めた。

「マイナが増えたら、護衛はむずかしくなるか？」

「おいおい。誰にものを言ってるんだ？　マイナ様がつねにカイル様と一緒にいてくれるっていう条件付きだが、もう二度とヒュドラんときみたいな失態はしないぜ。軽く二人とも……いや、お前を含め、全員俺が守ってやる」

言いながら、左手を見せつける。そこには剣聖《ソードマスター》の紋章が輝いていた。

まるで、やつの決意を表明するように、力強く。

「カイル様。あのときより人数は減ってますが、俺たちの戦力は比較になりません。マイナ様が一人増えたくらいで、問題なんて一つもありませんよ」

自信に満ちた表情をカイルに向ける。

「もちろん。マイナ様を一度ゴールデンドーンまで送ることも、なんの問題もありませんけどね」

レイドックが軽く肩をすくめると、マイナが絶望の表情で俺にさらにしがみついてきた。

お前！　ここはマイナの味方をしてやるところじゃね!?

「カイル、どうするんだ？」

「……」

カイルは目をつむり、静かに考え込む。

不安げに俺を見上げるマイナ。

俺は、はぁとわざとらしくため息を吐いて、マイナの味方をしてやった。

「いいんじゃないか？　領主の娘として、世間を見て歩くのも経験になるだろ？　それに今度こそ俺も、マイナを守ってみせるさ」

「兄様……」

それが心を決めさせたのだろう、カイルは困ったように頷いた。

「マイナ、旅の間はクラフト兄様から離れないこと、勉強を毎日やること、皆の言うことを聞くこと、わがままを言わないこと、領主の血族としての礼儀を守ること。これを守れますか？」

淡々と述べるカイルに、マイナは勢いよく顔を上げる。

「約束……する」

「それが貴族の対応ですか？」

俺にしがみついていたマイナは、目を丸くしてから、手を離し、優雅にスカートを持ち上げながら膝を軽く曲げた。

「お約束……いたします」

マイナが淑女にふさわしい礼を見せ、俺はちょっと驚く。マイナにも、カイルにもだ。

「はぁ。わかりました。同行を認めます」

結局、根負けしたカイルが折れる。ため息交じりに。

「クラフト兄様。ペルシアに連絡を取ってください。今頃は困っているでしょうし、マイナが同行するなら、彼女も護衛に必要ですから」

「そうだな」

俺は良かったなと、マイナの頭を撫でてやると、彼女は振り向いて、輝くような笑顔になった。

なぜか、その笑みから、目を離せない。

こいつ、こんな良い笑顔もできるんだな。

動きを止めてしまった俺に、エヴァが呆れたような半目を向ける。

「早く連絡したほうがいいんじゃないですか？」

なんか声が冷たい！

さすが魔術師、冷静だぜ！

俺は慌てて、通信の魔導具を起動する。

オリハルコンを利用したこの魔導具は、お互いの精神をつなぎ、相手の見聞きしたことを共有できるものだ。

ただ、魔力消費が馬鹿でかく、俺かジャビール先生からでないと、呼び出しも接続もできない。

……いや？

賢者《ワイズマン》の紋章になったエヴァなら、おそらく起動可能だな。

受信専用の魔導具ではなく、送受信できるように改造していいか、あとでカイルに相談してみるか。パーティーに連絡役は二人いたほうが心強い。

実はリュウコも送信可能なのだが、俺にだけという制約がある。使い魔の一種だからか、俺に発信するぶんには魔力消費が少なくて済むのだが、他人に送信しようとすると、馬鹿みたいに魔力を消費するので実質使えない。

そんなことを考えながら、ペルシアに精神をつなげる許可を送る。

相手の許可がなければ、精神の共感は起こせない。

「もしもし、ペルシアか？　今だいじょう――」

『遅い！　遅いぞ！』

精神をつなげる許可を求めるまでもなく、一瞬で精神共感した。

彼女が見聞きしている風景が、頭の中に広がる。

どうやらどこかのベランダにいるらしい。

優雅にお茶でもしてたの？

『マイナ様が！　マイナ様が行方不明なのだ！　ベランダからロープを垂らして、部屋から脱走したらしい！　私は今からアルファードのところにいって全兵士を叩き起こしに――』

「まてまてまて！　落ち着けペルシア！」

『落ち着いていられるわけがなかろう⁉　本人の意思による脱走だとは思うが、誘拐の可能性だってあるんだぞ！』

「お前は俺の視界が見えてないのか⁉　集中して俺の視界を共有しろ！」

『今はそれどころでは……！』

俺は視線をテーブルに移す。

そこではリュウコに給仕をされながら、一心不乱に食事をしているマイナがいた。
そりゃ、朝からなにも食べてなかったもんな。腹も減るさ。
貴族らしい優雅な所作ではあるが、口に運ぶ動きは速い。
『……あ？』
「見えたか？　マイナはこっちにいるから安心しろ」
『き……き……』
き？
安心してるかと思いきや、どうもペルシアの身体が小刻みに震えている様子。
『貴様が誘拐犯かぁぁあああああ！』
「んなわけねぇだろうがぁぁぁぁぁあ！　このポンコツぅううううう！」
俺の叫びが、夜の森へと響き渡った。
誰かなんとかしろ！　このポンコツ女騎士！
結局、落ち着かせるのに、湯が沸くくらいの時間を要したのであった。
とほほ。

◆　◆　◆

「――そんなわけで、マイナの同行を許しました」

カイルがペルシアに、今までの説明をしてくれる。

「それで、ペルシアにもこちらに合流して欲しいのですが、追いつけますか？」

『無論です！　今すぐそちらに向かいます』

　ペルシアのポンコツな発言に、俺は口を挟む。

「蒸気船がベースキャンプからゴールデンドーンに帰港するまで、なんもできねぇだろ。今すぐ出てどうする」

『ぐっ……！』

「大丈夫ですよペルシア。貴方の二足鳥なら、数日で追いつけるでしょう？」

『もちろんです！　船が到着次第、動力機関が壊れる速度で出発します！』

「壊すな！」

　貴重な蒸気機関だぞ⁉

　普通なら、単なる意気込みと笑い飛ばすところだが、ペルシアの場合本気でやりかねんからな。

「蒸気船はそろそろそちらに戻る頃だと思いますが、休息もなく夜中に出港させるわけには行きません。絶対に日の出まで出港させないでください。わかりましたね？　ペルシア」

『……は』

　なんでそこで不満そうなんだよ！

「そろそろ魔力がきつい。通信を終えたいんだがいいか？」

　説明が長くなったうえ、カイルを含めた三人を繋げていたので、魔力の減りが早い。アルファードにもう一度説明するのは勘弁していただきたい。それをカイルが察してくれる。

「そうですね。ゴールデンドーン側の説明は、ペルシアに任せましたよ」

『はっ！』

なんとかポンコツを説得して、通信を切った。

「ふう」

「兄様、お疲れ様でした」

「おう。まったく。説明が長引いたせいで、無駄に魔力を使っちまった。今日はゆっくり寝かせてくれ」

「もちろんですよ」

冒険者時代と違って、交代で見張りに立たなくて良いのがありがたい。

「とりあえず、飯だな」

「はい」

俺たちも交代で食事を取った。

そしてさっそく、マイナはカイルから勉強を教えられている。どうやら貴族教育も一緒に行っているようだ。

実はそのときカイルが内心で（貴族の未婚女性が、他国を訪れる意味を、少し知ったほうがいいでしょうね）などと考えていたことを、俺はまったく知らなかった。

カイル……恐ろしい子。

一騒ぎはあったが、ようやくのんびりとした時間が過ぎる。そして、空に星が満ちる頃、カイルが「あっ」と困った表情を浮かべた。

「どうした？」

「いえ、マイナの服がないんですよ」

「あ」

するとマイナが、自分が隠れていた箱を指さす。

「服。ある」

のぞき込んでみると、たしかに服が入っていた。

一着だけ。

しかも寝間着。

「……兄様、ペルシアに連絡を」

「……了解」

俺とカイルは、お互いに苦笑し合うのだった。

不可抗力は、認められたいって話

俺は、マイナの服を持ってきてもらうため、再度ペルシアに通信の魔導具をつなげる。

「ペルシア、たびたびすまないんだが……」

『どうした⁉　マイナ様になにかあったのか⁉』

応答を求めるまでもなく、即座に精神感応が開始され、視聴覚が共有される。

さすがカイルとマイナの護衛筆頭だ。躊躇《ちゅうちょ》がない。

薄ぼんやりと、ペルシアの視界が脳裏に浮かぶのだが、はて。妙に霧がかってるな？

「なにかあったかと言えば、あったんだが」

マイナが着替えを寝間着しか持ってきていなかったという、家出の初心者にありがちな失敗があっただけだが。

『なんだと⁉』

んんん？　視界の共有が上手くいってないのか？

視界が妙に白っぽい。

というか……これは湯気？

ペルシアの声でよく聞こえてなかったが、ポチャンとか、バシャンという水が跳ねるような音が聞こえる。

ときどき視界に入るペルシアの腕なのだが、いつもの制服を着ている様子がない。それどころか、布一枚身につけていないようで、その白い肌は濡れていた。

(あ、これやばいかも)

俺は現在のペルシアがなにをやっていたのか、ようやく理解する。

間違いない。

こいつ、風呂に入ってるのか！

『おい！　クラフト！　マイナ様がどうしたというのだ⁉』

ざばぁという効果音が耳に届き、視界には、湯船を越えようとする、艶めかしい生足がががが！

「緊急事態だ！」

『なっ⁉　今すぐそちらに向かえばいいのか⁉　はっきりしろ！　クラフト！』

違う！

緊急事態はお前だ！

落ち着け！　いや、俺が落ち着け！

パニック状態で泡を食っている俺の様子が気になったのか、エヴァが近寄ってきた。

「どうかしたんですか？」

その顔を見て、俺はひらめく。

エヴァに代わってもらえばいい！

「女神現る！」

「はぁ!?」

なぜかエヴァが慌てふためく。いや、お前は落ち着いてくれ！　俺の代わりに！

「頼みがある！」

「なっ!?　なにを!?」

やばい！　なんか見えちゃだめなところが見えそう！

俺は慌てて、通信の魔導具である指輪を引っこ抜いた。ギリギリ際どいところで、精神感応が途切れ、ペルシアの視覚と聴覚が消え失せる。

「これを指につけてくれ！」

「え……ええ!?」

急に通信が切れたことで、ペルシアは慌てていることだろう。急いでもう一度連絡しないと、マジであいつはなにをやらかすかわからん！

「いいから！　急いでくれ！」

俺は有無を言わせず、エヴァの左手を取るが、魔術師の彼女は、いろいろな魔法の指輪をはめている。

ああもう！　忙しいのに！

空いていたエヴァの薬指に、魔導具の指輪を突っ込む。

「ふぁ!?　わ！　私にはレイドック様がいると何度も！」

なにを言ってるんだ、こいつは？

突然、顔を真っ赤にして怒り出す。

エヴァがレイドックに惚れてることなんぞ、誰でも知ってるわ！

「今つけている通信の魔導具は外してくれ！　二つ身につけてると発動しない！」

「……は？」

ぴたりと動きを止めるエヴァ。

「いいか、魔導具に魔力を注ぎながら、ペルシアをイメージしてくれ。魔法を具現化するときの要領で、できるだけ正確に！」

「……」

エヴァがだんだんと冷めた目になる。落ち着いてくれたのならなによりだ！

「相手が許可をくれたら、感覚が共有化される。そのあとは今までの指輪と使い方は一緒だ。急いでくれ！」

「……」

エヴァが無言で俺を見る。

なんだろう。冷静っていうより、冷酷な視線に感じてしまうのは。

「……。つまり、受信だけでなく、送信もできる、魔導具というわけですか……」

「そのとおり！　さすがワイズマンの紋章を授かるだけのことはあるぜ！」

「……」

三度、無言で睨まれる。

え？　なんで睨まれてるの？

なんとなく、様子がおかしい気もするが、急がないとペルシアが飛び出して、蒸気船をシージャックしかねん。

「あの、エヴァさん？　急いで欲しいんですが……」

謎の圧力で、なぜか敬語になってしまう。

「……わかりました」

深い不快ため息とともに、エヴァは魔導具を起動してくれた。

ふう。助かった。

俺は喉が渇いたので、少し離れると、リュウコが水を差しだしてくれる。

「助かる」

「ありがとうございます。お茶を煎れましょうか？」

「いや、大丈夫だ」

本当に気の利くメイドだぜ。

俺はほっと息をつくと、椅子に座り込む。

なんか妙に疲れた。

そのまま、星空を見上げていると、すぐにエヴァがこちらに来る。

だが、その目は妙に冷たい。視線だけで人が殺せそうなレベルで。

「……マイナ様の着替えや、日用品を用意して運んでくれるそうです」

「そ、そうか。良かった」

なんだろう。ゴミを見るような目で、見下ろされている。

「ペルシアさんから伝言があります」

「俺に？」

「クラフト、お前は必ず殺すから、首を洗って待っていろ。だそうです」

「は……は⁉」

「のぞきは、男性として最低の行為です」

そこでようやく、エヴァの視線の意味を悟る。

「え、ち、違う！　見てない！　見てないんだ！　ギリギリで指輪を外して——」

「確かに伝えましたから」

エヴァは俺の弁明を遮って、そのまま振り向き女性陣の荷車へ行ってしまった。

おうのう！

激しく誤解をされておられるがな！

俺は悪くないよな⁉　護衛だからいつでも遠慮なく連絡してくれって言われてたし！

タイミングが悪かっただけだろー⁉

◆　◆　◆

それから二日が過ぎた夜に、ペルシアが合流した。

「マイナ様！」

キャンプ地に到着したペルシアは、二足鳥のテバサキ号から飛び降り、ツカツカと早足でマイナの下に向かう。

少しばかりばつが悪いのか、マイナは彼女から少し視線をそらせた。怒られると思ったのかもしれない。

だが、ペルシアは、ぎゅっとマイナを抱きしめる。

「ご無事で良かった。心配いたしました」

「う……」

「辛いことがあったとき、逃げ出したいこともあるでしょう。ですが、私だけは……信じて一緒にいさせてください」

「ペルシア……ごめん……なさい」

マイナがペルシアをきゅっと抱き返す。その姿は主と護衛の姿ではなく、姉妹のそれだった。

カイルとマイナが田舎で療養していた頃からの護衛らしいが、微笑ましい光景である。

「いいのですよ。ご無事でさえあれば」

「ん」

照れたように返事をするマイナに、ペルシアが笑顔を向ける。

「頼まれていた着替えやブラシだけでなく、学園からの課題も預かっていますよ」

「……う？」

ペルシアは和やかな笑みだったが、マイナは驚いたように彼女を見上げた。

「カイル学園は、領民の義務ですからね。たとえ領主の血族であっても、サボることは許されません」

「う……う？」

それはもう、にこやかに。

「エヴァに聞きました。勉強がおろそかになったら、即帰還だと」

そしてマイナの前に積み上げられていく、課題の数々。

「毎日の課題がこなせなかったら、私が責任をもって、ゴールデンドーンまでお送りいたしますからね」

ようやく理解したのか、マイナは「絶望した！」とでも言いたげな表情を浮かべるのである。

立ったまま動かなくなったマイナをそのままに、ペルシアがゆらりと立ち上がった。

「さて……」

少し離れて二人の様子をうかがっていた俺に、彼女が振り向いた。

その目は猛禽類のそれ。

「貴様には、いろいろと言いたいことがあるのだが？」

あの、なんで剣に手をかけながら、こっちに近づいて来るんですかね？

無意識に後ずさるが、走って逃げる気にならない。背中を向けた途端、胴体が真っ二つになる気がして。

「あのな、あのときのことは、誤解っていうか、その、タイミングが悪かっただけで……」

「それが貴様の最後の言葉で良いのだな？」

「よくねぇよ！」

「安心しろ、一字一句間違えずに、墓に刻んでくれるわぁ！」

「ほぎゃあああぁぁ！」

その後、俺がどうなったのかは語るまい。

ただ、ヒールポーションの在庫が減ったことだけを記しておこう。

納得いかねぇええええええ！

誰だって、失敗はするよなって話

結局、俺たち使節団は、十二人の大所帯となった。

いや、使節団としては普通か。道もないような危険地帯を進むことを考えたら、むしろ少なすぎるともいえる。

改めて、メンバーを記しておこう。

俺、カイル、マイナ、ペルシア、リーファン、リュウコ、レイドック、ソラル、エヴァ、カミーユ、マリリン、ジタローの十二人パーティーである。

しかも、そのうち八人が色つきの上位紋章というのだから、ちょっと洒落にならない。

もしかしたら、ヴァン直轄の聖騎士隊と同等くらいの戦力なんじゃね、これ？

……深く考えたら負けだな。

俺は今、馬車の中で、カイルとマイナとエヴァも一緒だ。エヴァは休憩と護衛を兼ねている。

マイナは相変わらず俺の膝の上だ。席は空いてるんだけどね。

絶え間ない揺れに、少しばかり馬車酔いしたのか、ずっと俺にしがみついている。

酔い止め薬でも錬金しようかと、ぼんやり考えていると、マイナがこちらに顔を上げた。

「クラフト兄様……いつ、着くの?」

「最終目的地は、最北にあるミズホ神国って言われてる国なんだが、そこまではまだかなりかかるな」

距離はもちろんなのだが、それ以上に街道がないのが、歩みが遅い最大の理由だ。

ジタローの冴え渡るカンのおかげで、ほぼほぼ真っ直ぐ北には向かっているのだが、そのルートはかなり過酷になっている。

「それにしても、ミズホ神国以外に、小国が乱立してるって聞いてたんだが、全然見つからないな」

「え？」

俺のつぶやきに、エヴァが不思議そうに顔を上げる。

「最短でミズホ神国に行くという話ではないんですか？」

「え？」

今度は俺が、驚く番だった。

「いや、むしろ小国家の現状を確認するためにも、いろいろ寄っていきたいんだが……カイル、そうだよな？」

「はい。それが好ましいと思ってます」

エヴァは、わずかに考え込む。

「でしたら、人が寄りつくのも困難な地形を爆走するのではなく、少しでも人が住めそうだったり、移動できそうな地形を優先して進むべきなのではないでしょうか？」

「「あ」」

俺とカイルが思わず顔を見合わせた。そして思いっきり苦笑する。

「僕の判断ミスでした」

「俺も気がついてなかった。悪かったな」

珍しいカイルの失敗だが、それを補佐する俺やリーファンが気がつかなかったほうが悪い。

俺は馬車の窓から顔を出し、〝拡声〟の魔法を使って叫ぶ。

「いったん停止！　いったん停止だ！」

こうして全員が一度集まり、ルートの再検討を行う。

エヴァに指摘されたことを、ジタローに伝えると、こいつは胸をどんと叩いた。

「任せてくだせぇ！　実は迂回した山の反対側に、それっぽい地形があったんでさあ！」

「なら言えよ！」

「でも、こっちのルートのほうが早く北に行けるっすよ？」

「さっきも説明したとおり、今後は人の住んでそうな地形を優先してくれ！」

「了解っす！」

指示してなかった俺が悪いが、ジタローも報告くらいしろ！

「ただのカンっすからねぇ」

「それは……確かに」

なんとなく、あっちのほうが人が住んでそう。なんて報告はできないか。

「今度からは教えてくれ」

「了解っす！」

ジタローは頼りになるのか、ならんのか、相変わらずわからんやつだぜ。

その後、ジタローのカンに従って、今までのルートを直角に曲がって、山を一つ越えると、見事に町らしき建築物が、見えるのであった。

「今までの苦労は……」

「考えちゃだめっすよ！」

お前に言われると、なんか腹が立つわ！

とにかく、山頂から町を見下ろす。〝遠見〟の魔法を使うと、町はぼろぼろ。

戦争で滅んだ町の様相に酷似していた。

俺たちの空気が、一瞬で引き締まる。

「レイドック、斥候を出せるか？」

「ああ。ジタロー、カミーユ頼む」

「任せるっすよ！」

「……了解」

マタギの紋章持ちと、くのいちの紋章持ちのタッグだ。任せて大丈夫だろう。

数時間で、二人が戻ってくる。

カミーユがぼそりと報告してくれた。

「誰も、いない」

「やはりか」

遠見で予想はしていたが、人っ子一人いないとはな。

「滅んでから、そんなに日は経ってないと思う」

「え？」

それは意外だった。てっきり昔に放棄された町だと思ったんだが。

「たぶん、二〜三ヶ月ってところ」

ジタローも同意して頷いている。この二人がそう判断するなら、間違いないだろう。

「原因は、おそらく魔物の襲撃。だいぶ食い荒らされてるけど、人と魔物の死骸がたくさんあった」

「それと、廃墟には、まだ結構な数の魔物が残ってるっすよ。たぶん、死骸目当てで集まって、そのまま居着いた感じっすね」

隠密に長けた二人だから、見つからずに調査できたんだろうな。

「カイル、どうする？」

話を振ると、カイルはちらりとマイナに視線をやった。

「この町は避けましょう」

調査はしたいが、たしかにマイナをそんなところに連れて行きたくはないわな。

するとマイナが、カイルの服を引っ張る。

「私……大丈夫」

おお。ここ数日、マイナはしっかり自己主張するようになってるな。

カイルが、今度は俺に視線を向ける。

「いいんじゃないか？　だめそうなら離れりゃいいだけだし」

調査をしたいのは本音だ。

「そう……ですね。わかりました。レイドックさん、廃墟に残る魔物の掃討をお願いしたいのですが、可能ですか？」

話を振られたレイドックは、ニヤリと口角を持ち上げた。

「楽勝ですよ」

こうして、夕方までには、廃墟に残っていた全ての魔物が討伐されたのである。

……うん。早すぎだろ。

◆◆◆

「どうやら、城壁都市だったようですね」

カイルは崩れた城壁の前に立つ。おそらく大型の魔物に攻撃されたのだろう。もしくは魔法を使う魔物にやられたか。

「スタンピードが起きたのかもしれませんね」

カイルの言葉に、リーファンがわずかに眉をしかめる。故郷を思い出したのかもしれない。

幸いにも、人の死骸のほとんどは、残っていた魔物の胃袋に収まったらしく、目につく死骸はほとんどない。

おかげでマイナに、恐ろしいものを見せずに済んでいる。

ジタローが残っていた骨を調べていた。

「うーん。ちょっとおかしいっすねぇ」

「気になることがあったら、なんでも教えてくれ」

「普通、スタンピードって同じ種族の魔物が一斉にとち狂うんすが、なんかいろんな種類の魔物がいたっぽいんすよね」

それは変だな。たしかにコカトリス騒ぎのときも、別の魔物が混じっていた記憶はない。

エヴァが少し考え込む。

「死骸を求めて、周囲から集まった魔物が、他の魔物にやられたんじゃないですか？」

「なるほど。それは納得だな」

「んー」

理論的だと思うのだが、どうもジタローは納得いかない様子である。

「確認できないことを考えてもしゃーないな。まずは状況の情報だけ集めようぜ」

「そうですね」

「了解っす！」

比較的無事に残っていた王城跡に、俺たちは泊まることにした。

王城と言い切ったのは、残っていた書類などから、ここが都市国家だったことを確認したからである。

そして、それらの資料から、どうやらこの周辺の国家は、全て都市国家だということが判明した。

つまり、国＝城壁都市ってこと。

さらに、貴重な地図が見つかった。

もともと先行して冒険者に下調べをしてもらっていたが、その地図は非常に粗い物で、方角の確認くらいにしか使えなかったのだが、これで、他の都市国家に寄っていくことができるだろう。

実は、冒険者がこの辺りを調べたのは、ヴァンに命令されるより前のことになる。つまり、カイルが領主ではなく、代官だった頃だ。

だから、当時の冒険者たちが請け負ったのは、ゴールデンドーンの対岸を調べておこうという予備的な調査であり、小国家群に関しては大雑把な調査しかしていない。

調べたのがレイドックたちなら、詳細もわかってたのかもしれないが、普通の冒険者からしたら、この辺りは危険すぎて、本当に簡単な調査報告しかあがってない。

小国のほとんどが、都市国家らしいとは知っていたが、詳細を知ったのは今である。

また、冒険者の調査期間を考えると、この都市が滅んだのは、ちょうど調査とすれ違いくらいかもしれない。

「これで方針は決まりましたね。ミズホ神国に向かいつつ、途中にある小国に可能な限り立ち寄って行きましょう」

「了解だ」

話が一区切りしたので、ちらりとマイナに視線をやった。

マイナは少し離れたところで、リュウコからマナーを教わっている。

自分の責任を果たせなければ、即帰還という脅しがきいているのか、マイナは勉強も、貴族教育も頑張っているようだ。

カイルがうっすらと口元を歪める。

「ふふ。良い機会ですので、この旅の間に、マイナの学力とマナーを、一気にランクアップさせましょう」

黒い！

思ってたよりカイルが黒い！

カイル……恐ろしい子！

こうして廃墟の夜が過ぎていくのであった。

「これで三つ目の廃墟か」

俺たちは、誰もいない滅んだ都市国家を歩いていた。

最初に見つけた廃墟を含め、これで三カ所の都市国家が滅んでいるのを確認したことになる。

周囲を探っていた、カミーユとジタローが戻ってきた。

「滅んだ時期が、少しずつ、最近になってる」

「最初の町が、たぶん三ヶ月前くらいに滅んでて、ここは二ヶ月前ってところっすかね」

いつも明るいジタローですら、少しばかり声が暗い。そりゃそうだろう、行く先々が全部こんな感じじゃな。

カイルは人間の骨をじっと見つめていたが、気持ちを切り替えるように、明るく宣言する。

「僕たちの最終目的地はミズホ神国です。気を抜かないで進みましょう！」

「「「おう！！！」」」

俺たちは歩みを止めない。

幸いなことに、都市国家間は、獣道レベルではあるが、道があったのだ。おかげで、最初の都市国家からの歩みは早い。それでも山や谷を避けた、複雑な迂回ルートなので、直進よりは遅いが、町を見落とすより遙かにいいだろう。

ジタローのおかげで、見失いそうな獣道も間違わずに進んだことで、次の都市国家が見えてきた。

◆　◆　◆

「なんか様子が変っすね」

「魔物が……いない？」

カミーユも目を細め、注意深く城壁を見つめる。

「じゃあ住人が残ってるのか！」

俺が喜びの声を上げるが、カミーユは首を横に振った。

「たぶん……いない。ここからじゃよくわからないけど……。少なくとも人が大勢暮らしている気配は感じない」

「そうか」

まぁ、遠目に見ても、城壁が崩れてるしな。

「ん……あれを見るっすよ！」

「煙」

ジタローとカミーユが同時に同じ場所を指さした。

遠見の魔法を使うと、青空に向かって、頼りなさげな一筋の白煙がのぼっている。

さっきまで見えなかったのだ。誰かが火を使っている可能性が高い。

「よし、レイドック。誰かを先行させて状況を――」

「だめ！」

　俺の言葉を遮ったのは、なんとマイナだった。驚く俺たちを無視して、マイナが悲痛な表情で訴える。

「魔物に……襲われてる人がいるかも。助けて……あげないと」

　その目は真剣だった。もしかしたら、ヒュドラから逃げ回っていた記憶がよぎっているのかもしれない。

「しかし……」

　レイドックが躊躇するも、カイルが意を決する。

「いえ……マイナの言うとおりです。それに生き残りがいたら詳しい話も聞けるでしょう。考えているあいだに、その人が魔物に襲われないとも言えません。レイドックさん」

　レイドックは強く眉根を寄せるが、すぐに表情を引き締める。

「わかりました。俺とカミーユが先行する！　残りのやつはカイル様とマイナ様を中心に防御態勢のまま、少しだけ距離を空けてついてこい！」

「「了解！！！」」

　一度決めたら即行動。俺たちは戸惑うことなく連携を取った。

　レイドックが蒼い稲妻のごとく、一気に走り抜ける。それに負けぬスピードで、カミーユが影のようについて行った。

俺たちは二人を見失わないよう、カイルとマイナを囲む形で追う。

数匹くらい魔物がうろついてるかと思ったが、ゴブリンの一匹すらいなかった。

邪魔する物は瓦礫だけで、すぐに白煙の元へとたどり着く。

予想通り、それはたき火だった。

その横で、一人の男が肉を焼いている姿が見える。

そいつは目を丸くしながら、爆走する俺たちに釘付けになっていた。

先頭を突っ走っていたレイドックが急停止し、辺りを警戒する。

「おい、お前！　大丈夫か⁉」

「あ、ああ」

すぐに追いついた俺たちも、周囲を警戒するが、男以外に気配は感じられない。

男は俺と似たような年齢に見える若者で、高級そうな軽装備をしている。そして貴族のように左手に手袋をしていて、紋章の有無は不明。

あと、イケメンだった。

その若いイケメンが、驚いたように口を開く。

「あんたらは？　ミズホの武士……じゃないよな？」

「武士？」

「知らないのか？　ミズホ神国の兵士のことだよ」

会話が通じる相手だと安心したのか、男の口調が次第に軽くなっていく。

肩をすくめる仕草が様になりすぎていて、なんかむかつくな！

レイドックが、俺に視線を投げて寄越す。

こういうときに、さらっと全部を俺に押しつけるやつだよ！

パーティーリーダーが話せよと思いつつ、俺は男の前に立つ。

「俺たちは、そのミズホ神国に向かっている、マウガリア王国の使節団だよ。俺はクラフト・ウォーケン。この使節団の……交渉役みたいなもんだ」

最初からカイルを前に出すわけにもいかんし、結局、俺がこの手の交渉をすることになっている。

「それはそれは。俺はルーカス・リンドブルムだ。帝国の冒険者をやってる。そんなことより……」

「なんだ？」

「どうせなら、そっちの美人さんがたと、お話しさせてくれよ！」

「……は？」

「いやー！　こんな場所で、これほどの綺麗どころが揃うなんて運命だと思わないか！　そちらのお嬢さん！　ぜひお名前を！」

イケメンのルーカスが片膝をついたのは、マリリンだった。

その視線は、たわわに実った双丘に釘付けである。

なんと危険な男なのだ！　気持ちはわかるけど！

「……クラフトさん？」

なぜかエヴァから冷たい視線が飛んでくる。

ちょっと待って⁉　今、睨む相手は俺じゃないよね⁉

「あー、ルーカスさん。おふざけはやめてくれませんかね？」

「ふざけたつもりはないぞ？」

「なお悪いわ！」

こうして俺たちは、冒険者ルーカスと出会うことになった。

いや、こいつダメ男だろ！

◆◆◆

その後、俺たちはルーカスから話を聞いていた。

すでに全員の自己紹介は済ませてある。カイルが領主だと知ったときの表情は見物だった。ざまぁみろ。

今は俺たちが用意したテーブルで、ルーカスが食事をがっついているところだ。

「それにしても、飯が美味い！　リュウコさん！　俺のために毎朝スープを作ってください！」

「それはご主人様にのみ許された権利なので、お断り申し上げます。ご主人様の命令がない限り」

慇懃に一礼したあと、彼女が俺に視線を向ける。

「ご主人……様？　カイル様のメイドじゃないのかよ！」

「あー。リュウコは俺のメイドだよ。一人で何でもこなせる優秀なメイドなんで、今回は彼女を連れてきてる」

「てめぇ！　いったいどんな悪行を積めば、こんな綺麗なメイドを手に入れられるってんだよ！」

　どうでもいいが、リュウコの目が猫のような縦長の瞳孔をしてるのは気にならんのか？　ならないんだろうね。うん。

「ああもう、すぐに脱線するな！　今までの話をまとめると、ルーカスは帝国から出稼ぎにやってきた冒険者のレンジャーで、ようやく小国家群にたどり着くも、滞在した都市が、ことごとくスタンピードで滅んでいった、運の悪い野郎ってことで合ってるな」

　どうも、俺たちがたどったルートと都市を、ルーカスが先行していたようなのだ。

　都市間の細道が草で覆われなかったのは、わずかに逃げ延びた人間が踏みしめて固まっていたからかもしれない。

「そうそう。心機一転、帝国からこっちで旗をあげてやるって意気込んでやって来たってのに、その先々で魔物の大群に襲われたんだぜ！　俺ってなんて不幸！　マリリンちゃん！　俺をその胸で慰めて！」

「お断りしますぅー」

「はぁん！　いけずな君も素敵だよ！」

脳天かち割ってやろうか、こいつ。

「そんで、今いるこの国は一週間ほど前に滅んで、逃げ出していたが、訳あって戻ってきたところ……だったよな」

「おう！　そんで一休憩しようとしたら、お前たちが砂嵐を上げて突っ込んでくるもんだから慌てたぜ」

「ま、生き残って良かったな」

魔物が去るまで、近くの森に隠れていたらしい。レンジャーとしての能力は高そうだ。

「そんで？」

俺が続きを促すも、ルーカスには意味がわからなかったようだ。

「そんでって、それで終わりだよ。ああ。このあとはミズホ神国に行くつもりなんだが――」

「そうじゃねぇよ。なんで滅んだ国に戻ってきたんだ？」

「あー……それはその……」

爽やかな笑みを浮かべながら、頭を掻く。

「ほら、俺って、ずっと逃げてばっかだったろ？　そろそろ路銀が怪しくてさ！」

「火事場泥棒かよ！」

「ははは！　まぁそう褒めるな！」

「褒めてねぇよ！」

どうやら、抜け目のない男のようだった。

長旅は、到着してからが本番だよなって話

帝国から出稼ぎに来たのに、行く先々の小国が、魔物によって滅んでしまった、運の悪い冒険者ルーカス・リンドブルムの案内で、ようやくまともな都市国家へと到着した。

もっとも、ルーカスがたき火をしていた都市から、逃げ出した住人の足跡がまだ残っていたので、こいつがいなくても、普通にたどり着いただろうが。

今までの都市と同じように、石造りの城壁の内側に、町と城のあるタイプだ。さすがに畑は城壁の外だが、すぐに避難できるような城門も見える。

王国でも辺境にこのタイプは多い。極論を言えば、ゴールデンドーンも同じだ。もっとも規模が違いすぎて、比較もできんが。

ヴァンが必死こいて、乱立している砦も同じはず。もっとも、城壁は錬金硬化岩で作られるのだが。

都市間の行き来はあまりされていないのか、入国するのに、門前で待たされることはなかった。

城壁の大きな門の前には、変わった武装の門番が警戒している。

「あの鎧姿は……」

レイドックが呟くと、ルーカスが続く。

「ありゃあ、ミズホの武士だな。この国はミズホに近いからなぁ」

「ここは独立した国なんだろ？　防衛を他国の兵士に任せてるのか？」

「小国家群じゃ普通らしいぜ？」

独特な作りの鎧姿は、冒険者時代に時々見たことがある。

レイドックが言いかけたのも同じだろう。

ミズホの戦士だったのは知ってるが、彼らのほとんどはどうして王国に来て、冒険者になったのかを、話したがらなかった。過去を詮索しないのが、冒険者の暗黙の了解だったので、詳しくは知らないのだが、ニュアンス的には国に居づらかった感じだったな。

俺たちが門に近づくと、勇壮な鎧姿の兵士……武士が誰何《すいか》してきた。

「止まれ！　お前たちは何者だ？　避難民にしては、小綺麗な格好だが……」

まず、俺が先に立つ。

……ほんとに交渉ごとに出る気がないな、レイドックの野郎。

「どうも。俺たちは遙か南の大河の向こう、マウガリア王国より、ヴァインデック・ミッドライツ・フォン・マウガリー陛下よりの親書を携えた、カイル・ゴールデンドーン・フォン・エリクシル開拓伯率いる使節団です。入国の許可と、この国の統治者への面会を求めます」

しまった。どうもとか言っちゃったよ。聞き流して欲しい。

「なに？　マウガリア王国だと？　三大国の一つではないか！」

「そう呼ばれることは、私たちの誇りです」

武士たちがガシャガシャと鎧を鳴らして集まり、相談を始めるが、隠し事をする気もないのか、内容は全て聞こえていた。

「どうする？」

「南から来たとは信じられんぞ。この先の国家は、ことごとく魔物に滅ぼされているのだぞ？」

「それに、我がミズホ神国を差し置いて、こちらの国を優遇するというのも失礼な話だろう！」

「たしかに。まずは我がムテン様に挨拶をするのが先だろう！」

なんか興奮し始めたので、慌てて口を挟む。

「失礼！　私たちはこちらの風習をあまり良く知りません！　この地域にいくつかの国があることは伝わっているのですが、それらの関係などを調べるのも、私たち使節団の仕事なのです！　もし、ミズホ神国への挨拶が優先すべきことであれば、私たちは先にミズホ神国へと足を運びます！」

俺がまくし立てると、武士たちの興奮が収まる。

「ふむ……確かに。では教えよう。我がミズホ神国はこの一帯にある、都市国家の宗主国のようなものだ。なので、最初に挨拶に行くべきは、ミズホ神国の現人神ムテン・イングラム様である！」

そんなわけで、俺たちは半ば無理矢理、追い出されてしまった。

物資には困ってないけど、普通は補給くらいさせてくれるもんじゃないのか？

俺が頭をひねっていると、ルーカスが肩をすくめた。

「武士どもは強いが、現人神に対する忠義が高い。高すぎる。他のことならまだしも、国の……

つまりムテンの威厳に関することには融通がきかねーんだよ。あいつら」

「なるほど。そのムテンって言うのが王様なのか」

「いや、現人神は国を見守るだけで、執務は全部、将軍が取り仕切ってたはずだ」

「軍人が政治をやるのか？」

「そういう国なんだよ」

「なるほど」

なんとなく、小国家群の構造が見えてきた。

独立した小国家が乱立しているというより、実質的にミズホ神国が武力で押さえ込んでるのだろう。じゃなきゃ、他国の門番に立ち、一介の兵士が、他国の使節の予定を変更させるなどありえない。

馬車に乗り込んだあと、カイルに予想を告げる。相談役としてエヴァにも同乗してもらったが、彼女も概ね同じ意見のようだ。

「そうですね。僕も同じ印象です。ですので、寄り道せずにミズホ神国へと向かいましょう」

「ああ。……それにしても、そこの都市国家の名前くらいは知っておきたかったぜ」

「あはは……」

少しばかり、予定と変わってしまったが、俺たちはミズホ神国へと向かうことになった。

「小国家群が全滅している可能性も考えていたので、しっかりした国家が残っていて助かりました」

カイルのつぶやきに、その可能性もあったんだなと、少しばかり青ざめる。

……ヴァンの野郎が、無理をしてでも、街道整備を進める理由がわかった気がするぜ。

こうして俺たちは、ようやく目的地に到着するのだった。

◆　◆　◆

視界に入ったミズホ神国は、俺たちの想像を超える国だった。

まず、左右に広がる城壁なのだが、隙間のない石組みで、壁の上には多数の櫓を備えている。

城壁の前には深い堀があり、水がたたえられていた。あとで知ったことだが、この堀は海に繋がっていて、海水らしい。

その堀も、石組みなのだが、王国で主流だった、同じ大きさに切りそろえて積み上げているのではなく、自然の形のまま、組み合わせて積んであるのだ。

「凄い技術力だよ。これ」

もっともリーファンに教えてもらわなかったら、そのことにも気づかなかったのだが。

国の大きさとしては、都市国家と考えたらかなり巨大だが、一つの国と考えるなら小さいと言うべきか。

それでも長大な城壁を備えた、巨大都市だったのだ。

まぁ、ゴールデンドーンと比べると、失礼ながらずいぶん小さいのだが、それは比較対象が間違ってるからな。

王都より、一回り小さいくらいか。

城門は跳ね橋になっていて、今は降りているようだ。

ある程度の行き来はあるのか、ちらほらと馬車や荷車が城門を通過していた。

もちろん、門番に立っているのは武士である。

「止まれ！」

当然、彼らからしたら怪しい俺たちは止められた。

「貴様らは商人ではないな？　このミズホ神国に何用か！」

武士の誰何に対して、俺は追い出された小国家と同じ説明を告げる。

「なに？　マウガリア王国だと？　南の大国ではないか」

「はい。ミズホ神国の代表者とお目にかかりたく存じます。失礼にならないのであれば、現人神ムテン・イングラム様に拝謁の栄誉を賜りたく存じます」

何度も練習したので、口調に失礼はない。……と思いたい！

「ふむ。ムテン様にご挨拶したいという心意気は受け取った。まずは将軍であるシンゲン様にお伺いを立ててみよう」

「ありがとうございます」

「返答にどの程度時間がかかるかは約束しかねる。まずは旅籠で滞在していかれよ。近いうちに使者を出す」

「お心遣い感謝いたします」

俺はあらかじめ用意していた賄賂を手渡す。

王国では常識だ。

すると、武士が手の上に乗せられた小袋を、忌々しく見下ろす。

「不要だ。私は門番なので、商人や他国のやり方を知っているから、一度だけ忠告しておく。我ら武士にこのような行為は、無礼にあたる。気をつけよ」

そう言って、銀貨の詰まった小袋を突っ返された。

「これは大変失礼しました。またご忠告ありがとうございます」

「うむ。まぁ、武士以外にはうるさく言わんがな」

初めて仏頂面の武士が、口元を歪めた。

思ってたよりお茶目だったらしい。

こうして、無事にミズホ神国へと入国した。

そして二度驚くことになる。

人の多さと、活気あふれる町並みに。

お仕事は、異文化交流って話

ミズホ神国は、朱色と木目と黄金が混在する、美しい都市だった。

独特な形状の建物が並び、通りは活気で満ちあふれている。

前合わせの服装も独特で、女性は色鮮やかな装束を身にまとっていた。

貧富の差はあるのだろう、華やかな女性もいれば、つぎはぎだらけで、ネズミ色のみすぼらしい服しか纏ってない者もたくさんいる。だが、不思議と皆笑顔で、悲壮感は感じられない。

俺は興奮しながら、周囲を見渡す。キョロキョロして、お上りさんになってる自覚もあるが、止められない。

なんで冒険者になったのかを思い出す。孤児院で育った俺の世界は、孤児院のあった町だけで完結していた。小さい頃は、それが全てだと思っていたし、それで満足していた。

だが、孤児院出身の冒険者から話を聞き、孤児院の……町の外にも世界が広がっていることを知って、俺は行ってみたいと思ったんだったな。

冒険者の魔術師に、お前は魔力が大きいなとも言われていたし、気がついたら冒険者になることが目標になっていた。

無事に冒険者になったあと、王国中を回ろうと思っていたが、現実は甘くなく、生きるのに精一杯。とても旅して歩き回れる金など手に入れられなかったのである。

それでも、時々は拠点になる町を変えたりして、一般的な領民よりは、遙かに世界が広かっただろう。

だから、それで満足していた。

だが。

俺は今、こうして、遙か北の果ての異国に立っている。

少しばっかり、昔の夢を思い出して、感傷に浸ったっていいだろ？

「とりあえず宿をとりましょうか」

カイルも、街の様子に驚いていたが、気を引き締めて音頭を取る。

「いや、その前に両替だな」

「宿で聞けばいいんじゃないですか？」

俺の言葉に、エヴァが意見をくれる。

「それもそうか。門番の武士は、すぐ見つけられるように、大通りの旅籠に泊まってくれって話だったな。宿に言付けしてくれるから、出歩いてもいいって話だったし」

「はい。あまり都市間の移動はないように見えましたが、宿は結構あるんですね」

「言われてみるとそうだな」

街の中では、荷車がたくさん行き交っているが、王国の都市と違って、街道を行き来する商人の数は少なかった。

「ああ、季節の問題だろ。収穫時期なんかは、結構な数の商人が行き交うぞ。もっともミズホ周辺だけだがな。つっても、こっちに来たのは昔の話だから、詳しくは知らねーけど」

「なるほどな」

　旅路で出会った冒険者のルーカスが、俺たちの疑問に答えてくれる。

「……っておい。なにさらっと一緒に行動してんだよ」

「んあ？」

「お前、もう目的のミズホ神国に来たんだから、どっかいけ」

「酷くね⁉」

「半分冗談だが、マジでなんで一緒にいるんだよ」

「半分は本気かよ⁉　もともと出稼ぎに来ただけだから、明確な目標もねーしな。とりあえず、同じ宿でも取ろうかと」

「さいですか」

　俺は匙《さじ》を投げると、ルーカスはひょいと向かいを歩いていた、美しい模様の服を着た、妖艶な美女に飛び出していく。

「おっと、そこの着物美人さん！　今から俺の部屋に来ませんか！　え？　衛兵を呼ぶ？　あはは！　ちょっとした冗談じゃないですかー！」

　このタイミングでナンパを始めるかね⁉

　もういいや、放っておこう。

　俺たちは、一番大きそうな宿屋……旅籠に入っていった。

宿に入ると、年配の女性が笑顔を向ける。

「いらっしゃい！　おっと、珍しい格好だね。帝国の人かい？」

「いや、南の王国からだ」

「へえ！　そりゃ珍しい！　南じゃ魔物が暴れてるって聞いたけど、大丈夫だったのかい？」

「ええ。それなりの数の魔物には遭遇したけど、うちには頼りになる護衛がいるからな」

俺はレイドックに視線を投げる。

「はー！　イイ男で腕っ節もいいのか！　素敵だねぇ！」

「はは……」

レイドックが苦笑していた。こいつはおばちゃんにまでモテるのか！

マダムキラーの異名を進呈差し上げよう！

「いらねーよ」

「ま、冗談はさておき、男四人に女八人なんだが、いい部屋はあるかい？　あ、そっちのチャラいのは別な」

「酷い！」

女将はすぐに状況を察したようで、空き部屋を確認してくれる。

「じゃあ、女は大部屋でどうだい？　男は二人部屋を二つか、ちょっともったいないけど、もう一つ大部屋を取るのもいいかもね」

なるほど。俺的には大部屋二つのほうが護衛の面でもありがたい。

「王国の通貨は使えるか？　無理なら両替できる場所を教えて欲しいんだが」

「帝国の通貨なら使えるんだけどねぇ。両替商はすぐ隣だよ」

「ありがとう。じゃあ俺が両替してくるんで、みんなは先に部屋に行っててくれ」

「いえ、僕も行きます」

　一番休ませたかったカイルが、同行宣言してきた。

　すると、マイナも当たり前のように、俺の腰にしがみついてくる。

　レイドックが苦笑しながら、指示を出した。

「エヴァとカミーユ、護衛についてくれ。俺たちは荷物と馬車を片付ける」

「わかりました」

「ん」

　まぁ、荷物と言っても、個々が念のため手持ちしている分くらいしかないけど。

　馬車なんかは任せて、俺たちは隣の両替商に入る。

　こぢんまりとした建物で、カウンターが一つあるだけだ。

　そこで帳簿をめくっていた、狸みたいなおっさんが顔をあげる。

「ん？　帝国……いや、王国か連合の人かね」

　さすが両替商。他国人には敏感らしい。

「ああ。南のマウガリア王国から来たんだ。王国の通貨を両替したいんだ。隣の宿の勧めでね」

　相場がわからんので、ぼられるかもしれないが、宿からの紹介と言っておけば、少しは牽制になるだろう。

「ははは。用心深いことだ。手数料はいただくが、ちゃんと相場で両替してやるよ」

「そりゃありがたい」

まぁ、商人の言うことなんて話半分に聞いとくべきだが。

「ただ、王国の人だと、ちょっと驚くかもね」

「何でだ？」

「そうさね……金貨の両替は必要かい？」

「もちろん。あと、使いやすい銀貨と銅貨もあれば」

俺は懐から、金貨を十枚ばかり取り出す。この人数でも、当面は困らない金額だろう。

すると男は、妙に平べったい金貨を四枚ほど取り出した。

「金貨はこれ。小判って言ったほうが、この国じゃ通りはいいね」

「四枚？　さすがにボリすぎじゃないか？」

金の使用量は、小判も金貨もたいして変わらないように見える。

「この国じゃ、金の価値があんたらの国の半分くらいしかないんだよ」

「なん、だと？」

「嘘だと思うなら、自分たちで調べりゃいいさ。この国にゃ、でかい金鉱があるからね」

俺はカイルに無言で視線を投げる。

「信じるしかないでしょうね」

「……わかった」

男は頷くと、じゃらりと銀貨を取り出す。小さくて四角い。

「こいつが銀貨だ。ここらじゃ一分銀って呼ばれてる。それと……」

今度は、ひもで束ねられた銅貨が出てくる。

銅貨の中央には、四角い穴が空いていて、そこにひもが通されているのだ。

「こいつが銅貨の一文銭だ。さっきの金貨で、この小判と一分銀と一文銭だ。手数料は引いてあるよ。どうする？」

「お願いします」

俺たちはミズホの通貨を手に入れ、宿に戻り、ついでに支払いをしておく。

とりあえず五日ほど、部屋を確保した。

部屋に戻ると、カイルは銅貨……一文銭をまじまじと手に取って見つめている。

「どうした？」

「いえ。どの硬貨も歪みがなく、真ん中に穴を空けるなんて、凄い鋳造《ちゅうぞう》技術だと思いまして」

「凄いのか？」

「はい」

あとでリーファンに聞いてみよう。

「なにより、民が一番使う銅貨が、このようにひもでまとめられるのは非常に便利です。陛下には確実にお伝えしなければなりませんね」

「たしかに、これ便利だよな」

レイドックが自分のベルトに、ひもを結びつけたりしていた。

「こうすれば、武器にもなりそうだ」

ひもを引っ張って、硬貨を棍棒に見立てるレイドック。

戦うことしか頭にないんかい、こいつは。剣聖だから、こんな武器でも、使いこなしそうではあるが。

「さて、これからどう動く？」

「そうですね……」

カイルは俺の膝の上に座っているマイナに目をやって、お茶目に答えた。

「連絡があるまで、観光しましょう」

「ん！」

喜ぶマイナ。

たしかに、やることねーしな。

ほら、観光って文化を知ることだからね。遊びじゃないからね？

「美味いもん探すっす！」

うん。そうだねジタロー。

美味いものは、誰でも幸せになれるって話

「う！　美味い！　美味すぎるっすぅぅうううう！」

ジタローが天に向かって叫んだ。

その気持ちは良くわかる。この国に来てからというもの、食べるもの食べるもの、全てが美味いのだ。

好き嫌いはあれど、美味しくないものが一つもない。

「あっちにも、なんかあるっすよ！」

ジタローが俺たちの返事を待たず、次の料理屋へと特攻する。

「今度はなんのお店でしょう？」

「さっきの天ぷらってのは美味かったよなぁ」

「俺は牛丼だな。牛と米の料理なんて珍しくないのに、妙に美味いんだよな」

カイル、レイドック、俺と感想を言い合う。

するとレイドックの横に張り付いていたエヴァが指を立てた。

「おそらく、調味料が違うのでしょう。庶民が気軽に使える、旨味の強い調味料が普及している事実には驚きますが」

「普通、調味料って言ったら塩だもんな」

「はい」

「ねぇ、エヴァ。偉そうに解説してるところ悪いんだけど、さすがに私の彼氏にくっつき過ぎじゃないかしら？」

レイドックを挟んで、エヴァの反対側の腕に抱きついていたソラルが、剣呑《けんのん》に牙をむく。

「初めての土地で、か弱い女性が、強い男性のそばにいるのがそんなに不思議ですか？」

「あんたのどこが、か弱いってのよ！　森一つ焼き払う爆撃女が！」

「貴女だって、弓の一本で城壁に大穴空けられるんじゃないですか？　弓女神さん？」

「ちょっ！　それ言わないで！」

いつものやつが始まってしまった。

二人はレイドックに任せて、俺はカイルに向き直る。

一瞬、レイドックが「俺を見捨てるな！」って顔をしていたが、知るか！　イケメンに呪いあれ！

さて、俺たちはミズホのお偉いさん方から連絡が来るまでやることがない。そこで、他国の文化を知るという名目の下、街中を探索しているのだ。

活気あふれるミズホ神国の街並みは、俺たちの気分も盛り上げてくれる。

まぁ、つまり、お上りさん集団の出来上がりだ。カイルですら、興奮を隠し切れていないんだからしょうがないわな。

しかも、先頭を張り切って進むのは、ジタローだ。調子に乗らないわけがない。

鼻をひくつかせては「この店が気になるっす！」とか、「あの屋台は絶対に当たりっす！」と根拠なく叫んで、止める間もなく突撃していくのだから、俺たちとしてはついて行くしかない。

「あいつが興味を持つ店が、全部飲食店ってのはあれだが、マジでなに食っても美味いな」

「はい。驚いています」

ジタローが次に飛び込んだのは、今までより少しばかり高級そうな店だった。

店に入ると、すぐに人数を見て、大部屋に案内してくれる。店員対応もフレンドリーで礼儀正しく、好感が持てる。

カイルがメニューも見ずに、注文を述べた。

「すみません。私たちはこの国が初めてなので、どんな料理があるかわかりません。いろんな味を楽しめるコースをお願いできますか？」

「あいよ！」

なるほど。この店は他の店と違って、一つの人気商品を売るのと違い、様々なメニューがあるようだ。なら、おすすめをいろいろ持ってきてもらうのがいいだろう。

それにしても……。

「マイナ。まだ食べれるのか？」

「ん。食べる」

マイナはふんすと鼻息を鳴らす。

ここまでにも、結構食べたと思うんだが……。

俺やレイドックなんかの冒険者は、大食いが多いので不思議じゃないんだけど、マイナの小さな身体のどこにそんなに入るのか。

　リーファンならわかるんだけどな。

「……クラフト君。なんかもの凄く失礼な視線を向けられてる気がするよ？」

「滅相もない！」

　リーファンって食いしん坊のイメージがあるなんて、口が裂けても言えない！

　俺は両手で口を塞いでいるというのに、リーファンの目が冷たい。おかしい。口にはしてないはずなんだが……。

「貴様は感情が表情に出過ぎなのだ」

　ペルシアが呆れながら、肩をすくめる。

　ポンコツにだけは言われたくねぇー！

「……たたっ切ってやろうか？」

「なんでよ⁉」

「全部顔に出てる」

「馬鹿な⁉」

　こんな感じで、わいわいがやがやと、観光を楽しんでいた。

　いや、視察だからね？　視察。

　大量の料理が運ばれてくると、俺たちは目を点にすることになった。

巨大な船の模型の上に、これでもかとおかずが並んでいるのだが……。

「なぁ、これは生の魚を切っただけじゃないのか？」

俺は恐る恐る、店員に聞いてみた。

「切っただけ……なんて言われると手を抜いてるように聞こえるけど、美味しく切るには技術がいるんだよ」

生魚なのは否定されなかった。

なにより……。

びちびち。

身体はすでに骨だけになってる、頭だけの魚が、ぴくぴくと動いているのだから、生なのは間違いないだろう。

「こっちのショーユをつけて食べてみな！　美味いから！」

いや、美味いけどって言うけど、今まさに、自分の身体を食べられる様を、ご本人様に見られながら食すってのはいささか……。

だが、俺の戸惑いをよそに、マイナはフォークで切り身をぷすりと刺し、黒いソースにつけてから、口に運ぶ。

もぐもぐと咀嚼《そしゃく》し、こくりと飲み込む。

すると、さきほどより動きを速くして、次から次に、切り身をフォークで刺しては食べていく。

「マ、マイナ？」

「これ、美味しい」

ひょいぱく、ひょいぱくと手の進むマイナ。それに比例して減っていく切り身。

その瞬間、恐怖より食欲が勝った。

思い切って、マイナのまねをして口に運ぶ。

みずみずしくしゃっきりとしていながら、淡泊だが、旨味のにじむ切り身と、塩気が強いのに、塩と違い不思議な風味のあるソースが絡まって、今までに食べたことのない、新しい味覚が口いっぱいに広がった。

「これ……美味いぞ!?　嘘だろ!?」

俺の叫びに、同じく手を伸ばしかねていたやつらも、恐る恐る口にし始めると、全員が目を丸くする。もともと冒険者なんて、食えるだけでも幸せって時代を、多かれ少なかれ過ごしてるやつばっかりだしな。

エヴァが思わず感嘆の声を漏らす。

「驚きました。これは、今までに味わったことのない美味しさです」

「お姉、これ好き」

カミーユも気に入ったようだ。

カイルも口にして、驚く。

「これは、凄いですね。ゴールデンドーンの魚でも試してみましょうか」

給仕をしていた店員が、それを耳に挟んで忠告してくれる。

「あんたらがどこに住んでるのか知らないけど、生で食べれる魚は、基本的に海にしかいないよ！　川魚だったらやめときな！」

「そうなのですか……残念です」

海か。そういえば、王国の南にも海はあったはずだが。

そのことをカイルに聞いてみる。

「海は強力な魔物の巣ですから。漁は難しいんですよ。釣りくらいならできるらしいですが、船は絶望的です」

「そうなのか。知らなかったぜ」

そういえば、海上を使った輸送とか、他国への連絡とか聞いたことないもんな。

ほんと、この世界は魔物で埋め尽くされてる。忘れそうになるときもあるけどよ。

「あれ？　それじゃあこの国はどうやって海の魚をこんな大量に仕入れてるんだ？」

すると店員がにやりと笑う。

「そりゃあ、猟師と武士様が、海の魔物を蹴散らしてくれるからさ」

どうやら、この国の戦士は、想像以上の実力らしい。

「食べ終わったら、海を見に行ってみましょうか」

「そうだな。それよりも」

俺は、哀れ頭と尻尾以外、骨だけになってしまった魚クンとにらみ合っているペルシアの肩を叩く。

「護衛が毒味をせず、食事を口にしないってのは怠慢だよなー」

「う！　うるさい！」

先日の意趣返しに、ちょっとばかりイジると、顔を真っ赤にしてペルシアが怒鳴った。

うん。誰だって苦手なもんはあるよな。

もっとも、どんな毒や食中毒になったとしても、俺が即座に治せるっていう、信頼のうえでだろうけどね。

だが、ペルシアを凹ますことで、俺の気持ちは少しばっかり晴れた。

こいつが合流したとき、思いっきりボコられたからな！

お前が風呂に入ってるタイミングなんぞ、わからんわ！

……まぁ、不可抗力とはいえ、悪いことをしてしまったとは思っている。

二度と起きないことを、祈るしかない。緊急時に連絡しないわけにもいかんし。他のやつなら、感覚の共有を拒否すればいいが、ペルシアやアルファードは立場上、絶対に拒否できないからなぁ。

その後、思い切って切り身を食べたペルシアが、美味い美味いと次々に食べ尽くし、ドヤ顔で俺を見返してきたのはウザかったけどね！

なお、実はマイナより先に切り身を食べていたジタローは、全員からスルーされていたのは、別の話である。

「おいらにも驚いて欲しいっすよ！」

「しらんがな」

満足した俺たちは、港があるという海へと足を運ぶのであった。

「ショーユ……ですか。これを輸入できるなら、新しい産業が生まれるかもしれませんね」

ぼそりと、一人カイルだけが、先を見据えた発言を漏らす。

うん。優秀すぎる弟で、兄ちゃんびっくりするよ。

美味しい食材は、見た目は関係ないよねって話

珍しい絶品グルメを堪能した俺たちは、街の北側にあるという海へと足を運ぶことになった。海を見るのは初めてなので、楽しみである。

これは食事処で聞いた情報だ。

ミズホ神国の城壁は、北側にも広がっており、ぱっと海は見えない。ミズホの街は、ゴールデンドーンと比べると小さいと言ったが、今まで見てきた城塞都市よりは遥かに大きい。王都より少し小さいくらいなのだから、普通に考えたら巨大都市だ。

結構な距離を歩いて、ようやく北門へと到着する。

マイナのペースに合わせているので、一般人と同じ徒歩スピードだから、時間がかかっただけかもしれんが。

すると、北の城門に立っていた武士がこちらに声をかけてきた。

「あんたら帝国の冒険者か？　今日は冒険者ギルドに討伐依頼は出していないはずだが」

俺とカイルが顔を見合わせる。

「いえ、私たちは南の王国から、観光でやって来ました。この先に海があると聞いて、見物に来たのです」

目的は観光ではないが、ここで使節団だなんだと説明するのが面倒だった。

「観光？　それは珍しいな。だが、あまりおすすめはできん」

俺とカイルが顔を見合わせる。

「どうしてでしょう？」

もしかして、港が軍事機密にでもなっているのか。

川ならまだしも、海に港を持つ国は、そうとう珍しいらしいからな。

「この先の海は、大きな入り江になっていて、湾内はかなり安全ではあるのだが、それでも時々魔物が迷い込むこともある。観光をするなら安全な街中のほうがいいのではないか？」

どうやらただの親切だったらしい。

カイルは少し考えたあと頷いた。このメンバーなら問題ないだろう。

「ご忠告ありがとうございます。こちらには頼もしい護衛もいますから大丈夫です」

「そうか。なら無理には止めぬ。気をつけて行かれよ」

「はい」

北門を出てしばらく進むと、ようやく眼前に巨大な水たまりが見えてきた。あと、風に乗ってちょっと生臭い匂いが漂ってくる。

入り江は大きく、水平線ぎりぎりに岬が覆うように延びていた。港に近づくと、大小様々なたくさんの木造船が、海面に浮いている。

港の規模は大規模なもので、近づくと巨大な船も多々見受けられた。

それでも、入り江そのものが広いので、遠目にはスカスカに見えたほどである。巨大な湖がすっぽりと収まる大きさの入り江と言えば、なんとなく想像がつくであろうか。

「立派な港ですね。大型船の発着場は特に施設が凄いです。小型船の発着場は雑多な感じですが」

「なんにせよ、活気があるな」

「クラフト君！　見て見て！　あそこの船！　凄い量の魚が積んであるよ！」

船に大きなイケスを内蔵しているのだろう、大樽にたくさんの魚を移しているのが見えた。

俺たちは、引っ張られるように近づいていく。

船員か漁師かわからないが、全員上半身裸で、滝のような汗を流しながら作業を進めている。日に焼けた肌で、浅黒い。

細身だが屈強そうな男が、こちらに気がつく。

「ん？　なんだ？」

「あ、失礼しました。観光であちらこちらを見回ってたんですが、お邪魔でしたか？」

「いや！　構わんよ！　今日は大漁だったから気分もいいしな！」

快く受け入れてもらったので、俺たちは物珍しげに、荷下ろしの様子を見学させてもらった。

「見たことのない魚ばっかりだな」

「うおっ！　あっちの魚、ジタローと同じくらいの大きさがあるぞ⁉」

「食いでがありそうっすね！」

「なんか共食いみたいな言い方になってません？」

「刺身、食べれる？」

「マイナ……まだ食べ足りないのか？」

わいわいがやがやと、いろんな魚を見せてもらう。船の男たちも、いちいち驚く俺たちが面白いのか、変わった魚をいろいろ教えてくれた。

「へぇ。カニってそんな美味いんだ？」

「おう！　茹でて良し！　焼いて良し！　しゃぶしゃぶなんて最高だな！」

「その料理は知らないな」

「ならぜひ食べてくといい！　美味い店を教えてやるよ！」

「これは鯛！　なにより刺身が最高だ！」

「これはタコ！　おでんやたこ焼きがおすすめだな！」

ペルシアがタコを見て叫ぶ。

「ちょっと待て！　その触手の悪魔みたいな魔物を食すだと!?」

たしかに、スライムとローパを足して二で割ったような見た目をしている。

「これは魔物じゃないから、普通に食えるさ！　見た目が一緒の巨大な魔物もいるけどな！」

「それは魔物の子供ってことじゃないのか!?」

「全然違うさ。ならこっちはどうだ？　イカって名前なんだが、これも美味いぞ！」

「タコとたいして変わらぬではないか！」

だいたいこんな感じだ。

タコとイカってのが、食い物に見えないのは、ペルシアに同意する。

それはそれとして、海は食材の宝庫らしい。

安全で巨大な入り江があると、こうも食生活が豊かになるのか。

「なぁカイル。王国にこういう入り江はないのか？」

「どうでしょう？　僕は知りませんが、探したらあるのでしょうか？　ただ、海の周辺で人類が住める場所はまだまだ少ないですから、海側の開拓が進めば見つかるかもしれませんね」

「どっちにしろ、王国の海は南側だからな。俺たちが手を出せる場所じゃないか」

「そうですね」

ゴールデンドーンは、王国の北西なので、南のことには手を出せない。

逆に国外の小国家群と、交友しようってんだから、いやはや。

そんな楽しい時間は唐突に終わる。

近くの大型船が、唐突に粉々に砕け散ったからだ。

轟音と水しぶきが同時にあがり、砕けた船体の一部がこちらにすっ飛んでくる。

「〝虹光障壁〟‼」

俺とエヴァが、同時に防御魔法を張る。

発動が早く、ほとんどの攻撃に対応できることから、咄嗟に使うことの多い防御魔法だ。

そのぶん強度が他の防御魔法に劣るのだが、黄昏と賢者の二人が放つ防御魔法は、並みの防御力ではない。

折れたマストの一部を、軽々と跳ね返す。

「カイル様！　マイナ様！　クラフトのそばに！　リュウコさんもだ！」

間髪入れずにレイドックが指示を飛ばす。

俺はカイルとマイナの手を引き、近くの漁師小屋の近くに立つ。

ついでなので、漁師たちを小屋に押し込み、一緒に守ることにした。

「ペルシアとマリリンとジタローは直掩につけ！　残りは……あれを叩くぞ！」

レイドックが視線を向けた先には、長く巨大で、いくつもの吸盤を持つ謎の触手がうねっていた。

白い触手が、小型の木造船に巻き付き、バキバキと粉々にしてしまう。

しかも触手は複数。

そして、少し離れた海面から顔を出すのは、これまた、白く巨大な二対の三角ヒレを持つ、縦長の胴体。

俺は思わず叫んだ。

「イカじゃねーか！」

「やはり魔物ではないかぁ！」

俺だけでなく、ペルシアも叫ぶ。気持ちはわかるぞ！

マイナを不安にさせないよう、話しかけようとするも、その心配はなかった。

「美味しそう」

なんかごちそうを見るように、目を輝かせておられる！

あれ？

なんかマイナ、性格変わった？

そんなやりとりを見て、レイドックが苦笑する。

「お前ら……気が抜けるだろ」

「そんくらいで、お前らが苦戦すんのか？」

「まだ魔物の強さもわからねーっつの」

「それでも心配してねーけどな」

俺とレイドックがニヤリと笑う。

「んじゃ、期待に応えますか。よし！　邪魔な触手は俺とカミーユで減らす！　あっちの胴体はエヴァとソラルで攻撃！」

「「了解！！！」」

近くに接岸していた船を破壊していた触手に、蒼き剣聖レイドックが肉薄する。もはや木片になった船の残骸の上を走り抜け、オリハルコンの剣を振るう。

「〝紅蓮昇竜剣撃〟！」

炎を纏った剣が、大木のように巨大な触手を、ズタズタに引き裂き燃やした。

おいおいおい。あの技はタメが大きく、連発できないんじゃなかったのかよ……。

八ツ首ヒュドラ戦で、その威力を見せつけた大技を軽々と放つレイドック。どうやら剣聖の紋章を得たやつの実力は、桁が二つくらい上がっているらしい。

それとは別の触手に、カミーユが近づく。

……今、海の上を走ってなかった？

その速さは尋常ではない。一瞬で触手に肉薄したと思ったら、とんでもない技を放った。

「……〝幻影分身《ミラーリングアバター》〟」

カミーユがぼそりと呟くと同時に、彼女が突如、何人にも増えたのだ。

「なんだあれ⁉」

「分身してるっすよ⁉」

「くのいちの紋章の技か⁉」

「あんなにいるなら、一人くらいおいらがもらってもいいっすよね⁉」

いいわけあるか！

だいたいあれは技の効果で、実際に増えてるわけじゃねーだろ！

それにしても、やたら格好いい技名だな、おい！

だが、俺たちの驚きはさらに続く。

「「「〝暗踊葬双〟」」」

なんと、分身した全てのカミーユが、乱舞系の技を繰り出したのだ。

幻影や錯覚だけの技ではなく、その分身全員が、効力のある技を使ったのだから、呆れるにもほどがある。

当然、巨大な触手といえど、一瞬で細切れと化す。

「……あの紋章もやばかったわ」

「頼りになるな」

「ああ……一人に戻っちゃったっす……」

お前はなにを残念がってるだ。

「一口サイズで……串焼きにちょうど良さそう」

今日一番の驚きは、マイナのその発言だった。

マイナさーーーーーん⁉

実力は、実際に見なきゃわからないよなって話

さて、船を破壊している触手は、レイドックとエヴァの活躍で、あっという間に撃退。だが、あの八ツ首ヒュドラのような再生能力がないとは言えない。

巨大イカの本体は、陸から少し離れたところで顔を出し、残った触手をうねうねとさせている。本体の大きさも、大型船を上回るほど巨大なので、泳いで近づけば、こちらが瞬殺されてしまう。だが、レイドックは困った様子もなく振り返る。そして一言。

「エヴァ」

「任せてください、レイドック様！」

エヴァは、古の魔法使いが良く好んだという、とんがりつば広ハットをくいっと持ち上げ、これまた古風なワンドを構えた。

彼女が小さく息を吸い込むと、不可視の魔術式が展開され、大量の魔力が凝縮されていく。

もともとエヴァは優秀な魔術師だったが、賢者《ワイズマン》の紋章を手に入れ、今までとは比べものにならない、古代に栄えた魔術文明時代の魔術師を想像させるような、桁違いの力を手に入れている。

そして静かに、魔法を発動させた。

「〝荊薔薇《いばら》収束縛鎖牢獄《しゅうそくばくさろうごく》〟」

かつて見た、鋼でできた荊薔薇の牢獄が、巨大イカを覆うように出現した。

だが、あれは防御魔法だったような？

いや、魔法の名前が違うな。

荊薔薇はイカを守るどころか、巻き付き、締め上げ、その鋼の棘を体中に食い込ませ、さらには蛇のように動き回り、その身体をずたずたにしていくのだ。

……エグい！

ものの数分で、災厄のような巨大イカは、哀れ使い切ったぼろぞうきん以下のイカと成り果て、バラバラと海に沈んでいったのだ。

合掌。

「レイドック様！　見てくださいましたか⁉　〝鋼《こう》荊《い》薔《ば》薇《ら》牢《ろう》獄《ごく》〟を改良した、オリジナルの魔法なんです！」

「お……おう。なんというか、凄い魔法だったな」

「頑張りました！」

褒められて興奮しているエヴァには悪いが、レイドックの野郎、どっちかっていうと引いてるからな。

エヴァに教えてやったほうがいいのだろうか？

それまで、呆然と成り行きを見守っていた漁師たちが、ようやく我に返る。

「あ、あんたら凄いな！　帝国の冒険者はたいして役に立たないと思ってたが、あんたらみたいなのもいるんだな！」

この国に来てからちょいちょい耳にする、帝国の冒険者。

どうやら、東の帝国とは、それなりに交流があるようだ。王国の人間だと訂正するべきか悩んでいると、再び轟音が響き渡る。

再び巨大な水柱が上がり、さらに三体の巨大イカが、港のすぐ近くに顔を出したのだ。

「なんで入り江に、こんな大量のクラーケンが出るんだよ⁉」

「冗談じゃないぞ！　海軍はなにをしてるんだ！」

「あんたらも逃げたほうがいい！」

漁師や船員たちが、慌てて逃げだそうと、北門に続く街道に走り出すと、その先に砂煙が上がっていた。

それは鳥騎兵の軍団のようで、おそらく一〇〇騎ほどがこちらに爆走している。

ミズホの武士が乗るのは、二足鳥が標準らしい。ペルシアとお揃いだな。残念ながら、愛鳥テバサキは宿に置いてきているが。

先頭の鳥騎兵が到着すると、武士が俺たちや漁師を見渡す。

「クラーケンが出たと聞いて駆けつけたのよ。だけれど皆、無事でよかったのよ」

なんと、その武士は女だった。

しかも、結構な美人だ。この国に多い黒髪で、気の強そうな顔つきをしている。

見た感じ、俺より年下かな？

他の武士と違って、この女武士の鎧は、かなり軽装だ。

彼女は指揮官で前線に立つタイプじゃないのかもしれない。

「ノブナ様！　クラーケンが！　クラーケンが四匹も港に現れまして！」

「大変じゃないのよ！　……三匹しかいないようよ？」

港で暴れている巨大イカに目をやり、ノブナと呼ばれた女武士が首を傾げた。

「それはこの人たちが退治してくれたんですよ！」

「ええ！　それは見事な剣術と魔法で！」

「あんな凄いのは初めて見たな！」

興奮する漁師たちに、複雑な表情を見せるノブナ。

「それは私たちよりも凄いってことなの？」

「え!?　いや、それは……」

「ノブナ様の剣術やオンミョウ術と比べたら……」

口淀む男たちに、機嫌を悪くするノブナに、ようやく追いついてきた武士の一人が声をかける。

いや、武士ではなさそうだ。この男は白いひらひらとした服を着ている。

その後ろに同じ装束の騎馬が少数続いているので、魔術師部隊かなにかだろう。

「ノブナ……それより、クラーケンをどうにかするんだな。みんな困ってるんだな」

今まで見てきた武士は、どいつも強者のオーラを滲ませていたが、こいつはなんというか、妙に腰が低い。

服装も相まって、なんか弱そうに見えると言ったら失礼か。

「はやく指揮をとってくれないと、攻撃できないんだな」

「わかってるのよ、カネツグ」

どうやら、このおどおどした男はカネツグと言うらしい。

「武士は全員抜刀！　陸に取り付いてる足を攻撃！　陰陽師は本体を攻撃！　まずは一番近いあれを狙い撃つのよ！」

「「はっ！！！」」

鎧を着た武士たちが、船を沈めている触手に攻撃を始める。驚いたことにノブナは先頭で突っ込んでいた。

「〝虹閃斬撃《シャイニングレインボー》〟！」

俺よりも年下に見える少女が、高威力の技を放つ。

「なんだあれ!?　格好いいぞ!?」

「ずるいっす！　おいらもあんな技名叫びたいっす！」

なんか妙に格好いい技に、俺たちが見とれていると、レイドックが「ふむ」と、軽く剣を振った。

そして、ニヤリと微笑む。

「ちょっと加勢してくる。お前たちはカイル様の護衛を」

「私も行くわ！」

「なら、俺とソラルだ。他は待機」

「なら私も……」

「いや、連携訓練をしてない魔術師だと、彼らの邪魔になるかもしれん」

「そう、ですか」

ソラルがこれ見よがしにエヴァを見下ろし、それに対してエヴァが怖い顔を向ける。

お願い、やめて。

「行くぞソラル！　武士たちの邪魔にならんよう、手空きの一匹をやるぞ！」

「うん！」

一〇〇人近いミズホ神国の兵は、戦力分散の愚を犯すことなく、一匹に戦力を集中し、残りには牽制のみ行っていたので、レイドックとソラルはその手の回ってない一匹へと駆け寄る。

「……こうか？　〝虹閃斬撃《シャイニングレインボー》〟！」

軽く片手で振るった剣技は、まさにさきほどノブナが放った一撃と同じ技だったが、威力は目に見えてこちらのほうが高い。

その一撃で触手の一本が七つに分断され、陸地にぼとぼとと落ちる。

それに驚いたのは俺たちだけじゃない、武士たち……特にノブナとカネツグが驚いていた。

そして、ノブナがちょっとむっとする。

「なかなかの使い手ね……でもこれは無理でしょう！　〝無限雪月花《インフィニティーブリザード》〟！」

ノブナの持つ、片刃の大剣に、吹雪の幻覚が見えた。

魔法とは少し違う、意志力の強さに応じて、超常の現象が発現。

神秘的なまで美しいその一撃が、とうとう触手を砕く。

武士たちによってだいぶダメージを受けていたとはいえ、見事な剣技だった。

それにしても……。

「なんかこの国の剣技、格好良すぎないっすか!?」

「同意するわ」

エヴァも激しく首を縦に振る。

なんなのあれ。ずるい。

だが、もっとずるいヤツがいた。

「……〝無限雪月花《インフイニテイーブリザード》〟」

それは猛吹雪。

海の一角が凍り付くんじゃないかと錯覚するほどの冷気が、触手の一本にまとわりつき、次の瞬間、粉々に砕け散った。まるで氷をハンマーで砕いたかのように。

もちろん。レイドックの野郎だ。

くっそ!

ノブナたちは、口を開いたまま、唖然とレイドックに釘付けになっていた。気持ちはわかる。

だが、そんな彼らを無視して、白装束の男たちが、呪符らしきものを掲げた。

カネツグの部隊である。

「「「我は願い奉る。冥府よりおいでませ!　姑獲鳥《ウブメ》童子!!!」」」

男たちが宙に投げた呪符が、形を変え、見たこともない魔物へと変化する。

その姿は一見大きな鳥なのだが、上半身が女の身体をした、不気味な生き物だったのだ。

「うおっ⁉」

俺は思わず身構えたが、その魔物たちは羽を広げ、海上のクラーケン本体へと殺到する。

白装束が召喚（？）した魔物たちが、一匹のクラーケンをどうにか倒し終えると、同時に魔物は呪符へと戻ってしまったのだ。

「見たこともない魔法ですね。召喚術の一種でしょうか」

エヴァが興味深げに、呟いた。

「ああ。世の中は広いな。だが、紋章持ちなのは間違いなさそうだ」

「ええ。ゲネリスさんが知ったら喜びそうですよね」

紋章官の名前を聞いて、俺は口元を歪めてしまう。

「そうだな。きっと大騒ぎしてたに違いない」

思わず顔を合わせて笑ってしまう。

「残りは二匹ですね」

ま、大丈夫だろ。

だってほら、今まさに、ソラルが大技をぶっ放そうとしてるところだからな。

「〝鳳凰爪烈破《ほうおうそうれっぱ》〟！」

ソラルが裂帛の気合いで技を放つ。

オリハルコンの弓から放たれた矢は、嵐のような暴風を纏い、波を切り裂き、海を巻き上げ、クラーケンの本体を二つにちぎるような大穴を空けた。

それだけでは技の威力が収まらず、嵐の矢は、そのまま水平線の彼方に飛んでいく。

ちょ。

俺が今まで、レンジャーなどの弓士に対するイメージを、ぶち壊す威力である。

弓はサポート武器という固定観念が、その矢のように、水平線の彼方へとぶっ飛んでいくに十分だった。

レイドックはすでに慣れてるのか、ひゅうと軽く口笛を鳴らすだけだが、やつらのパーティーメンバー以外は、唖然呆然騒然である。

それでも、俺たちはまだいい。ソラルが弓女神《アルテミス》の紋章を手に入れているのを知っているし、その前からの実力も知っていた。

だが、ノブナやカネツグといった、ミズホ神国の連中の驚き様は尋常ではない。

「なっ⁉　なんなのあれは⁉　ちょっと尋常じゃないのよ！」

「魔術師じゃ……ないんだな。弓の攻撃だったんだな……」

「わかってるわよ！　でもいくらなんでもおかしくない⁉」

「この目で見ても、ちょっと信じられないんだな」

最後に残っていたクラーケンに向かっていたノブナたちが、あまりの出来事に足を止めて、騒然と見入ってしまったのはしょうがないと思う。レイドックたちの非常識さを知ってる俺たちですら、思考が止まったからな。

「貴方も大概、人のことを言えませんからね？」

なぜかエヴァに突っ込まれた。

あいつらほどじゃないと思うんだけどな？

そんな感じで、ノブナたちが足踏みしていたら、新たな鳥騎兵の集団がやってくるのに気づく。

五十名ほどの規模で、全員が鎧姿の武士のようだ。

ノブナ隊に追いつくと、先頭の男が、ひらりと二足鳥から飛び降り……こけた。

だが、男は起き上がると、何事もなかったかのように埃を払う。

「ふふふ。ノブナ！　このカゲタカが来たからには、安心するがいい！　そして、私の雄姿をその目に焼き付けるのだ！」

ばっと前髪を払う武士の青年。

ノブナより年上に見えるので、俺と同じくらいの年齢だろう。

「はあ……なにが勇姿なのよ。御三家のくせに、到着が遅すぎるのよ。貴方の屋形のほうが、港に近いのに」

「う……そ、それは、クラーケンと聞いたから、確実に倒せる戦力を抽出していたからで……」

「武士の……サムライの名が泣くのよ」

「ぬぐ……」

話の細かい部分はわからないが、二人は知り合いのようである。

そして、初見でもわかるほど、カゲタカはノブナを意識していて、ノブナはカゲタカを煙たがっていた。どう見ても脈はないだろ、これ。

「ま、まぁとにかく！　ここは私に任せたまへ！　行くぞ！　続け！」

カゲタカは、部下らしき武士を引き連れ、手近な触手へと突撃していく。

最後に残ったクラーケンの足が数本、彼らに気づき攻撃を開始した。武士たちは連携して触手を避けながら反撃するのだが、見ていて危なっかしい。そのうち潰されそうだ。

「〝旋風《サイクロン》〟！　〝斬撃《スラッシュ》〟！」

カゲタカが、名前だけは格好いい技を繰り出すも、そこまでダメージを与えている様子がない。むしろ彼らの部下が繰り出す同じ技のほうが、なんぼか威力が高いようにすら見えた。

さすがに放置するのもあれなので、俺は通信の魔導具を起動して、レイドックに繋げる。

「おい、レイドック。放っておくつもりか？」

『さすがに、他国の軍が戦っているところにしゃしゃり出るのもな……』

「そりゃそうなんだが」

さっきは、ノブナたちの手が足りないのが明白だったから、放置されていたイカをやっつけただけだが、さすがに交戦中に割り込むのはまずいかもしれない。

『それに、心配はなさそうだぞ？』

「え？」

レイドックが指さした先には、ノブナがいた。

彼女は一度呆れたようにため息をついたあと、懐から呪符を取り出す。

「我は願い奉る。冥府よりおいでませ！　海座頭童子！」

なんと！

ノブナは剣士や戦士系の職業かと思ったら、妙な魔物を呼び出す魔法も使えるのか！

彼女の手から離れた呪符が、ひらりと海に落ちると、ずずっと、水面に一人の老人が浮かび上がってくる。

背中にリュートを背負い、細い杖をついている、小柄な老人。

そして、当たり前のように水面に立っていた。

見た目は老人だが、魔物の類いだろう。

それにしても、さっきカネツグの出していた魔物と比べると、えらい弱そうなんだが。

そんなことを思っていた時期が、俺にもありました。

老人が杖を小さく振ると、クラーケンの周りが波立つ。

そして大きく、ゆっくりと海面に渦を描き出し、瞬きの間に、巨大な渦巻きとなって、クラーケンの巨体を飲み込んでいく。

いやいや、水中の敵に、その攻撃は意味ないんじゃないか？

そんなことを思っていた時期が、俺にもありました（二度目）。

巨大で強力な渦は、その場を離れようとするクラーケンを逃がさない。すさまじい水圧が巨大イカを海水の檻へと閉じ込め、さらにはその巨体を徐々に捻っていくのだ。

まるでぞうきんを絞るように、そのままクラーケンの巨体を、捻りきってしまう。

……すまん。弱そうとか思って。

さすがに大技だったのか、ノブナは額から大量の汗を流し、その場に片膝をつく。

それと同時に、触手……巨大な足も力尽き崩れ落ちた。

本体やられたのだから、触手も動かなくなるのは当然なのだが、なぜかカゲタカが、動かぬ触手に片足を乗せ、剣を掲げている。

いやいや！

あんたが倒したんじゃねーから！

触手に苦戦してたカゲタカが、妙に胸を張って、ノブナの横に立ち、手を差し伸べる。

「ふふふ。大人しく見ているだけで良かったのだがね」

ぅおーい！　マジでこいつ、状況が見えてないぞ!?

ノブナが、それはそれは冷たい視線をカゲタカに投げつけるも、まるで気がついていない。

目の前の手を無視して、ノブナが起き上がり、カゲタカをスルーして、少し離れて様子を窺っていたレイドックのほうへと、歩み始めた。

「ん？　ノブナ？」

声をかけるカゲタカを完全に無視して、ノブナはレイドックに声をかけた。

「助かったのよ。お礼を言うのね。貴方たちのおかげで、体力も魔力も使う大技を使うことができたのよ」

レイドックは軽く肩をすくめた。

「それは良かった。俺たちが手伝わなくても、大丈夫そうだったけどな」

「確かに、私たちだけでも撃退はできたのよ。でも、時間がかかったと思うし、犠牲者も出たはずなのよ。だから、改めて感謝するのよ」

「お役に立てたのなら何よりだ」

「帝国の冒険者もやるものよね」

また帝国か。

「いや、俺は南のマウガリア王国から来た冒険者だ」

「南!?　今、南はかなり危険なのよ!?　魔物の数が異常に増えているのよ！　よく無事だったのね」

「ま、腕っ節には、少しばかり自信があるからな」

レイドックが剣の柄を叩くと、ノブナは納得の表情になった。

「たしかに貴方たちなら、抜けてくるくらいなら簡単なのね。南の様子を知ってるなら教えて欲しいのだけれど、今は事後処理で忙しいのね……」

「俺たちは大通りの旅籠だったか？　宿に泊まってる。予定は未定だが、しばらくは滞在するつもりだ。もし用事があるなら、声を掛けてくれ」

「そうなのね。わかったわ。近いうちに行くのよ」

「了解だ」

レイドックは軽く手を挙げながら、こちらに戻ってきた。

「聞いてのとおりだ」

今までの会話は、通信の魔導具で全部聞いていた。

ほんと便利だなこれ。

魔力消費がでかいのだけが難点だが。

「あの女武士、かなりのやり手だな」

「ああ。俺の紋章が剣士だった頃の強さと変わらんぞ。変な召喚術を含めての話だが」

つまり、あのノブナという女武士は、Ｂランク冒険者相当の実力者ってことだ。

「飯にしても、魔物にしても、戦士にしても、飽きない国だぜ」

「まったくだ」

俺とレイドックがお互いに肩をすくめていると、マイナが指をくわえていた。

「イカ焼き……」

なんかもの凄く、食いしん坊キャラになってらっしゃるー!?

こうして俺たちは、海の見物を終えたのであった。

……先が思いやられるぜ。

▼手札は、いくつあってもいいよなって話

ノブナたちが、破壊された船の調査をし始めたので、お邪魔にならないようにその場を離れる。

すると、少し離れたところで、軽薄そうなイケメンがのんびりと岩の上に座っていた。

「よう！　凄かったな！」

チャラそうに片手を振ったのは、道中で道連れとなったレンジャーのルーカスである。滅んだ国で火事場泥棒をするつもりだったのは記憶に新しい。

「お前、なにやってんの？」

「あん？　なんか美人の武士が鳥騎で走ってたから、ケツを追っかけてきたんだよ。そしたらクラーケンと戦い始めたもんだから、見学してたんだ。遠目には俺好みの締まったいいケツをしてたからな。ナンパしてくる！」

「お前は……」

思いっきり脱力してしまう。

街中でノブナを見て、ここまで追っかけて来たのかよ。頭悪すぎだ！

「戦闘も終わったみたいだし、ちょっと声掛けてくるわ！」

俺たちに振り返ることもなく、ルーカスはノブナのほうに走って行ってしまった。

あいつ。馬鹿だろ。

「ま、まぁ恋愛は自由ですし」

カイルは苦笑している。

「それよりも、観光を続けましょう。他にどんな文化があるかを知りたいですから」

「そうだな……ん？」

俺の視線の先に、妙に綺麗な砂浜が見えた。明らかに人の手でならされ、真っ平らの砂浜だ。

「ありゃなんだ？」

なんとなく、そちらに近づくと、ちょうど複数の男たちが小屋から出てきて、海水を桶に汲んでは浜に撒き、木のトンボを使って砂浜を綺麗にならし始めた。

なんだあの無駄な行為。

それにしても、さっきまで巨大な魔物が暴れてたってのに、逞しいことだ。

観光用に綺麗にしているのかとも考えたが、北門で、観光ならやめとけと言われたことを思い出す。

近づくと、作業していた男が、大きな声を上げた。

「あんたら！　それ以上こっちに来ちゃいかん！」

俺たちは慌てて止まる。

「えっと、ちょっと観光であちこち見て回ってて、これなにをしてるんだ？」

なにかの儀式だろうか。

「んあ？　見てわからんのか？　塩を作ってるだーよ」

「塩!?」

塩は生活に欠かせない食材の一つである。王国では岩塩が主流で、お値段がそこそこする。特に僻地にあるエリクシル領では、値段が大きく跳ね上がってしまった物資の一つだ。

「こうやって、海の水を太陽で濃縮して、砂に濃くついた塩を煮詰めてくだよ」

「え？　海の水を？」

「ん？　もしかして海をしらんのか？　ちょっと舐めてみるとええ」

俺を含む何人かが、海に駆け寄って、その水をガブリと飲んでみる。

「ぶふぉっ!?」

俺はあまりの塩辛さに思わず吐き出し、男たちに笑われてしまった。

「ぶはは！　海水はあんまり飲むと死ぬかもしれんだよ」

「マジかよ!?」

「なんでも大量にとったら毒だよ。特に塩はいっぺんに食べたらあかんだよ」

「な、なるほど」

塩をたっぷり使うことなんてないから、想像もしてなかった。

それにしても。

俺はだだっ広い海を見渡す。

「これ全部塩かよ……」

「宝の山っすね！　持ち帰れないっすか？」

「塩ならまだしも、水は大量に運べねぇだろ」

すると男たちがまた笑う。

「だからこそ、こうやって塩にしてるだよ！」

「なるほど」

男たちが、近くで塩と海水を煮込んでいる場所を案内してくれた。

正確には、砂の塩分を海水に移して、より濃度の高くなった水を沸騰させているようだが。

気前よく教えてくれる男たちに、銀貨を握らせると、普通に喜んでくれた。武士と違って、普通に受け取ってくれたので、庶民にはこの方法も使えそうである。

特にエヴァとリーファンが興味深そうで、いろいろと質問をしていた。

「なるほどねー。とにかく濃度を高めてから、少ない薪で塩にしてくんだね」

「海水をそのまま煮てたら、いくら薪があっても足りませんからね」

「あんたら飲み込みがええだよ！　うちの息子の嫁にならんか！」

「えっと、それは、遠慮しておこうかな。ははは」

「私には心に決めた人がいますので」

「たはー！　残念だよ！」

彼女らの話を聞いていて、ふと思いつく。

「なあ、つまり、海水を蒸発させたら、塩が採れるんだよな？」

「そうだね……あっ！」

どうやらリーファンも同じ答えに行き着いたらしい。

「あの、ちょっとこの樽をお借りしてもいいですか？」

「可愛い子の頼みならかまわんけど、なんに使うだ？」

「ちょっと試してみたいことがあるんです！」

リーファンが桶に海水を満たして、俺の前に置く。

俺は頷いて、錬金薬を取り出し、桶に投入する。

ぶわっと激しい水蒸気が巻き上がり、すぐに桶の海水は全て蒸発してしまった。

「……やっぱり」

「な！　なんじゃこれはぁ⁉」

そう。俺が使ったのは、水分蒸発薬だ。

橋の建造にも、蒸気機関にも大活躍の錬金薬で、大量生産している。

「俺は錬金術師で、この粉は、水分を蒸発させる薬なんだ」

「なっ⁉」

錬金薬は無害だし、水蒸気と一緒に全て消滅するので、味も変わらないはずだ。

結晶化した塩をひとつまみ舐めてみるが、特にへんな感じはしない。

念のため〝鑑定〟も試したが、普通に塩だった。

「こ、この危ない粉は買えるんか？　安かったら欲しいだよ！」

危ない粉ではない。粉末状の錬金薬なだけだ。失敬な。

　蒸発薬の値段は安いが、売っていいのか即答できず、困ってカイルに視線を向けると、男たちにニッコリと笑みを向ける。

「私たちは、ミズホ神国の代表者とお話しする機会があると思います。彼らが必要になるか聞いてみましょう」

「おお！　きっとヴィルヘルム様なら理解してくださるだ！」

「よろしくお願いしますだ！」

　明確な返答を避けつつ、かつ信頼を引き出す弟、さすがだぜ。

　ヴィルヘルム様ね。覚えとこう。

　俺たちは男たちに礼を言って別れると、距離を取ったところで集まる。

「いい情報を手に入れましたね」

「ああ。なんらかの交渉になったとき、カードの一枚になりそうだな」

「はい。それにしても、海があれば大量の塩を簡単に手に入れられそうですね」

「王国の南にも海はあるんだろ？　そこで量産するのは？」

「王国の海は、まだ安全を確保してる状況じゃありませんから。むしろ、クラーケンのような魔物が定期的に現れるこの場所で、港を作っているミズホ神国が凄すぎますよ」

「確かに」

　ここは大きな湾だから、比較的安全らしいとの話だったのに、あんな大型の魔物が出てくるのだ。よくもまぁ、港なんて作ったもんだわ。

「なにか、前提となる考え方が違うのかもしれませんね」

「ありうるな」

さっきの塩職人だって、クラーケンが暴れた直後だってのに、のんきに作業してたしなぁ。

文化の違いを意識しつつ、俺たちは視察と言う名の観光のため、街へと戻っていくのであった。

◆◆◆

そんな感じで数日、遊びほうけていると、ようやく旅籠に使者が訪れたのだが……。

「王国の使節って、あんたたちだったのね！」

開口一番に叫んだのは、クラーケン退治をしていた女武士、ノブナだった。

「なるほど、納得したのよ。王国にはあの蒼髪レベルの冒険者がたくさんいるのかと思ったけど、使節の護衛だから、特別な腕利きだったわけなのね！」

そりゃ、レイドックやソラルに匹敵する実力者が、たくさんいるわけがない。

たくさんいてくれたら、辺境の開拓も楽になるんだが、世の中そんなに甘くはないのだ。

ノブナがレイドックの前に立つが、レイドックは首を横に振った。

「俺たちはただの護衛だ。話はカイル様か、そのお付きに頼むよ」

「わかったのよ！」

カイルが改めて、礼儀正しく挨拶をする。

「こんにちは。貴女のご活躍は遠目に拝見いたしましたが、お話しするのは初めてですね。私はマウガリア王国で、領地を任されております、カイル・ゴールデンドーン・フォン・エリクシル開拓伯と申します。よろしくお願いします」

「へえ。若いのに領主なのね。領主って、城や砦を任されている将軍みたいな認識でいいのかしら？」

都市国家のミズホでは、理解しにくい概念なのかもしれない。

「ミズホ神国の政治体系を詳しく知らないので、断言はできませんが、その認識で大きくは間違っていないと思います」

「ずいぶんしっかりしているのね。弟のカネツグに爪の垢を煎じて飲ませたいのよ」

「いつも大役に震えるばかりです」

「……ほんとしっかりしてるのね」

目を丸くしていたノブナだったが、小さく咳払い。

「失礼したのよ。あたしはノブナ・ヴィルヘルム。御三家であるヴィルヘルム家の長女なのよ。よろしくなのね」

「はい。ノブナさん」

おっと、まさかここでヴィルヘルムの名が出てくるとは。

名前じゃなくて、名字だったのね。

塩職人の感触から、大物の家なのだろう。これは交渉に期待していいんじゃないか？

「クラフトさん。それはフラグっすよ！」

「お前と一緒にすんな！」

ジタローにだけは言われたくねぇよ！

……一応用心しとくか。

こうして、正式にミズホ神国から招待されたのである。

ようやく使節団として、前進だな。

親善は、誠意が大事って話

「ぐわはははは！　よくぞ来られた！」

派手な鎧を身につけている、髭の巨漢が豪快に笑っていた。

武士の身につける、ミズホ風の鎧だが、見るからに作りが良い。巨漢は隻眼で、格好いい眼帯をしている。

さて、俺たちはノブナの案内で、ミズホ神国の城へと正式に招待されていた。

王国とはまったく印象の違う、謁見室に案内される。この国の調度品は木製のものが多い。シンプルなのだが、手の込んだ一品だと、素人にもわかるものばかりだ。

基本的に、木目なのだが、単調にならないよう、朱色や黒色で全体を引き締めている。

どんな塗料を使っているのか、どれも深い色をしていた。そこにさりげなく金の装飾が施され、とても上品な飾りが多い。

謁見室といっても、王国のように壇上があるわけではなく、椅子が向かい合わせで並んでいるだけだ。その椅子も、木の枠に、刺繍の美しい厚手の布が張ってある、珍しいものである。

独自の文化が育っているのが、これだけでも良くわかる。

ノブナに指定された席に着く。相手側の椅子は三つ。きっと三人来るのだろう。気になるのは、現時点で護衛の武士が一人もいないことだ。

二人の武士が部屋に入ってきて、正対する椅子の前に立った。ノブナは残りの席へと移動する。

中央に座ったのが、隻眼の巨漢。

もう一人の武士は、凜々しいがどこか疲れた様子の見える男。

そして、髭の隻眼武士が開口一番に発したのが、冒頭である。

ぐわははと笑う武士に、慌てて俺たちは立ち上がり、礼を取る。

普通、こういうときって、進行役が「立て」とか「顔を上げよ」とか指示するもんじゃね⁉

しかも、どう見てもお偉いさんなのに、護衛の一人もいないとか！

それとも、あの木と紙でできている壁の向こうに、武士が大挙しているのだろうか？

「お初にお目にかかります、私はマウガリア王国で領地を任されております、カイル・ゴールデンドーン・フォン・エリクシル開拓伯と申します。このたびは急な来訪にもかかわらず、このような場を設けていただき、感謝の念にたえません」

カイルが挨拶をすると、隻眼の男が、残ったもう一つの瞳を大きく見開いた。

「ぐわはははは！　ノブナから、若く礼儀正しい領主だとは聞いていたが、話通りだったな！」

髭隻眼が姿勢を正す。

「ワシは現人神ムテン様より、国事代行である将軍を任されている、シンゲン・ヴィルヘルムである！　若き代表者よ、よくぞミズホ神国へいらした！　心より歓迎いたす！」

声がでけえよ、おっさん！

見た目通り、声も態度もでかい。だが、不思議と嫌悪感はないな。

それにしても、気になる単語がいろいろ出てきたもんだ。

「はい。よろしくお願いします。ミズホ神国の儀礼や風習に疎《うと》いので、多々失礼をしてしまうかもしれませんが……」

「かまわん！　ワシも礼儀や作法は苦手なのでな！」

ぐわははと笑うシンゲンに、隣に座る、目つきの鋭い男がため息交じりに突っ込む。

「父上。相手は一国の使者ですぞ。父上こそ礼儀を持って接してくだされ」

「む……」

「失礼いたしたカイル殿。私は御三家筆頭ヴィルヘルム家の家長で、ハンベエ・ヴィルヘルムと申す。以後お見知りおきを」

「はい。よろしくお願いします」

この国に来てからちょいちょい聞く、御三家ってのは、国の中枢貴族の称号かな？

察しがいいのか、そのままハンベエが続けてくれる。

「ミズホ神国は、ミズホの神を信仰する国家である。そして、古き時代に神の子として生まれた現人神が、連綿と血を紡いでいる。今の現人神がムテン・イングラム様となる。我ら御三家が、ムテン様を支え、政治や軍事をムテン様に代わり取り仕切っているのだ」

えーと、要約すると、ムテン様が一番偉くて、国王に近いんだけど、政治は摂政とかがやってる感じか？

なるほど、まず最初にムテン様に挨拶に行くべきだとアドバイスをもらったのは、正しかったわけだな。

「なるほど。私たちはマウガリア王国の代表として、ムテン様にご挨拶をさせていただけたらと思っています」

「ふむ。……即答はできぬ」

「はい。もちろんです」

「些事は全て、我ら御三家で話し合うことになっている。本来であれば、残りの二家も同席するべきなのだが、どうしても外せぬ用事があってな。代わりに将軍である父上……シンゲン殿に同席をいただいた」

「心配りに、感謝いたします」

カイルが改めて礼を取ると、シンゲンとハンベエがわずかに驚く。

「本当に、礼儀が良いな。最近の武士でも、その若さでその立ち振る舞いはなかなか身につかぬ。さすがその若さで領主となり、国の代表となるだけはあるな」

「ぐわはははははは！　カネツグに爪の垢でも煎じて、胃の腑に流し込みたいところよ！」

「お爺様、それはもう私が言ったのよ」

カネツグってのは、クラーケン退治で魔物を召喚していた、白装束のおどおどした、ノブナの弟か。

じいちゃんからも不肖の孫だと思われてんのか。不憫な……。

豪快に笑うシンゲンを無視し、ハンベエが疲れた顔をカイルに向ける。いや、最初から疲れ顔だが。

「それで、貴国は我がミズホ神国になにを望んでいるのだ？」

「はい。まずは友好関係の樹立です」

「ふむ……、そちらの国に下れと言う話ではないのか？」

今度は俺たちが目を丸くする番だ。

「とんでもありません！　ヴァインデック・ミッドライツ・フォン・マウガリー陛下は、魔物あふれる領域を駆逐するべく、全ての人類が手を取るべきだと考えております」

カイルは慌てるが、ヴァンはどんな手を使っても小国家群をたらし込めと言っていた。その中には占領のオプションも含まれているだろう。もっとも最後の手段だろうが。

「ほう。それは興味深い。だが、夢物語にも聞こえるな」

「普通であればそうでしょう」

ハンベエが片眉を持ち上げる。

「では、普通ではないなにかがあると？」

「現在王国では、人類の生活領域を大きく広げ、全人類の課題であった、大量の食料生産を始めております。また、魔物に対する戦力も着々と増やし、街道の整備に力をいれております。ご許可をいただけたら、王国の予算で、街道の建設も厭わないと言われております」

「ふむ……。そして、その街道を使って、王国の兵がやってくると」

どこか面白そうにハンベエが口元を歪めた。

それに対して、カイルはにっこりと微笑む。

「それを口にする時点で、そうは思われていないのでしょう？」

「ほう……！」

今度はハンベエが目を丸くして、シンゲンに顔を向けた。

「父上。親善を結びたいという意思、信じても良いかと」

「うむ！　お主がそう判断するならば、親善を前提に話を進めよう！」

「ありがとうございます」

即座にカイルが礼を取る。

どうやら、スムーズに話が進みそうだ。実際の腹の内まではわかんねぇけどな！

「それでは、なにから手をつけるべきか」

「王国の意向として、まず国交の樹立と貿易を始めたいと思っております」

「ほう。だが、王国はここから離れた南の国で、さらに巨大な大河で阻まれておるだろう？」

「その件でお願いがございます」

「なんだ？」

ハンベエが思慮深げに、片肘をついた。

「大河を挟んだ王国の北の地域に、貿易都市の建設を認めて欲しいのです」

「ふむ。あの辺りはミズホの関与する地域ではない。他の小国が支配しているのでなければ自由にすれば良い」

「ありがとうございます」

　この辺は事前情報通りだ。でもなければ、工事を進めてはいない。

　ハンベエが少し無言で考え込んで、眉をしかめた。

「だが、南は……そちらの王国から見たら北になるが、あの周辺は魔物も多く、地形も険しい。都市の建設など難しいのではないか？　仮に可能だとして、何十年掛かるかわからぬ」

「いえ、最低限の貿易施設ならば、一月もあれば完成します。そして、我々は大型船の開発にも成功しています。さらに、大橋の建設も進めております」

「大型船と橋だと？　船はまだしも、橋は無理であろう？　川幅が広く、水深も深すぎる」

「それらは全て解決しております。完成も間近ですから」

「なんと！　王国の普請技術は進んでおるのだな」

「それもみな、こちらの錬金術師が優秀なおかげです」

　ちょっ！

　急に話を振らないで！

「ほう。錬金術師だと？　我が国には数名しかおらんぞ。錬金術師が街の建設とどういう関係があるのだ？　あれはポーションを製造するのが仕事であろう？」

　一般的に、錬金術師と言えばその認識だろう。間違ってはいない。

　ジャビール先生のような規格外が例外なのだ。

「この者が錬金した薬を使えば、丈夫なうえに、形を自由にできる石壁を、量産できるのです」

「それは……興味深い」

「貿易を認めてもらえば、錬金薬を輸出するのはやぶさかではありません」

　この辺は国王であるヴァンに、交渉の材料として好きにするよう許可済みである。

「現物を見たいところだ」

「小規模なものなら、すぐにでも設置可能です」

「用意がいいものだな」

　感心した様子でカイルを見つめる。

「ですが、それよりもこの国のお役に立てる商品もございます」

「それは？」

「伝説品質のスタミナポーションです」

「……なに？」

　ハンベエが眉をしかめるのと、ノブナガが呟いたのは同時だった。

「スタミナポーションって、少し疲れが取れるだけの薬よね？」

　普通はその認識だろう。

「効果が大きく違います。陛下より預かった献上品の中に含まれておりますが、献上品はムテン様にお渡しするのと、こちらでお渡しするのと、どちらが良いのでしょうか？」

「こちらで預かろう」

「はい、では退出後、係の者に預けておきますね」

「うむ」

ハンベエが頷くと、それまでつまらなそうにしていたシンゲンが、ぐわりと口を開いた。

「そろそろ話は終わりで良かろう！　宴会だ！　宴会をするぞ！」

「え？　父上。まだ詳細を詰めなければ……」

「そんなものは、あとだ！」

「父上……」

「うるさい！　ワシはもう腹の虫が限界だ！」

「まったく……。カイル殿。ぜひ昼餐に招待したいのだが」

「謹んでお受けいたします」

「うむ。では、ミズホの幸を堪能して行かれよ」

こうして宴会が始まったのである。

……それにしても、将軍はうちの国王であるヴァンと、気が合いそうな男だな。

ごちそうは、最高の潤滑剤って話

「クラフト君！　クラフト君！　これ美味しい！　すっごく美味しいよ！」

リーファンがごちそうに目を輝かせながら、興奮していた。

目の前に並ぶのは、色とりどりの海の幸と山の幸。

運ばれてくる料理はどれも美味なので、リーファンの気持ちはとても良くわかる。

昼餐に招かれた俺たちは、温かみのある部屋に案内され、全員あぐらになり、並んでいた。

シンゲンとハンベエは俺たちと同じくあぐらなのだが、ノブナは正座をしていて驚いた。罰ゲームかとも思ったが、どうやらこの国の人間にとって、正座は普通の座り方らしい。

リーファンに怒られるとき、正座をさせられる身としては、見ていて心配になるが、本人は平然としたもんだ。

さきほどの謁見と違い、待機していたレイドックたちも席に招かれ、一緒になって食事をしている。

ジタローなど、さきほどから貪るようにがっついていた。

マイナも手つきは上品だが、口に運ぶスピードが速い。っていうか、めっちゃ食べてる。

「ぐわははは！　カイル殿は本当に頭がいいのぅ！」

シンゲンに気に入られたカイルは、がっつりと掴まって、隣り合ってずっとしゃべりあっていた。一番のお偉いさんの相手をしてくれていて、正直助かる。

「街中を見せてもらったのですが、塩の精製でもお手伝いできるかと思います」

「ほう？　塩田式よりも効率が良くなると？」

シンゲンだけでなく、ハンベエもカイルの横に座り込み、話に聞き入っていた。

真面目な話しかしないハンベエと、雑談しかしないシンゲンに挟まれているというのに、カイルはよく二人と会話できるもんだ。

三人の後ろで直立不動している護衛のペルシアが、今にも涎を垂らしそうな顔で、並ぶ料理を凝視している。

カイルがそれに気づき、彼女に振り向いた。

「ペルシアも料理をいただいて構いませんよ」

「し、しかし……」

「ミズホ神国側に護衛が立っていないのです。こちらだけ護衛が立っていたら失礼に当たるかもしれません」

「う……」

ダメ押しとばかりに、カイルが笑みを浮かべた。

「それに、ペルシアの分も用意してくれているのです。召し上がるのも礼儀でしょう」

「わ、わかりました！　も、もちろんお酒は辞退させていただきますが！」

するとシンゲンが豪快に笑い出す。

「ぐわははは！　王国の近衛は真面目だのう！　膝つき合わせて飲み食いするのがミズホ流！　存分に召すが良かろう！」

「……は！」

　こうして、ペルシアもご馳走へと参戦した。

　うん。亡霊みたいに突っ立ってたの気になってたから、カイル、ぐっじょぶよ。

「それよりカイル殿、塩の話だが――」

「はい。それですが、水分を一気に蒸発させる錬金薬が――」

「がはははは！　この魚は生だが、健康に良い！　ミズホ以外の者にもこの素晴らしさを――」

「後味がすっきりしていて、とても食べやすく――」

「今後、お互いの領地に大使を――」

「すでに国王陛下より許可を――」

「ならば、こちらのスシも食すが良かろう！」

「これは米に酸味がついているのですね。魚との相性が――」

　シンゲンは料理を勧め、ハンベエは経済や交易の話をするのだが、カイルは両方を上手に相手をしていた。

　うん。すげぇぞカイル。

　一方、俺たちの相手はノブナに加え、彼女の弟のカネツグ。あと、初見の猫獣人。

　その猫獣人は女性で、とても可愛い顔をしている。

女性をじろじろ見るのは失礼なので、視線を外しているのだが……気がつくと猫獣人に視線が引っ張られてしまっている。

ちくしょう！

身長が低く童顔のくせに、でかいんだよ！

しかも見せつけるように、胸の谷間が強調されるような、前合わせのミズホ服なんだよ！

意識しないようにすればするほど、気がつけば視線が吸い寄せられてるんだよ！

マリリンほどじゃないけど、猫獣人は背が小さい分、大きく感じるんだよ！

わかれ！

どうやら俺の視線に気づいたのか、エヴァがものすんげぇ軽蔑したような視線を向けてきた。

ちっ、違う！　これは罠だ！

誰か助けて！

心の声が通じたのか、ノブナガが猫獣人を紹介してくれる。

「この娘はチヨメ。チヨメ・クレマンよ。手袋でわからないと思うけど、くのいちの紋章持ちなのよ」

そこでため息を一つ。

「チヨメ。客人を困らせたらダメなのよ」

「視線誘導ナリよ。王国の男にも通じるのか知りたかったナリ」

「気持ちはわかるけど、やめるのよ」

「了解ナリ」

チヨメが襟を正してくれたおかげで、眼福だった谷間がお隠れになった。

……べべべ別に残念とか思ってないよ!? これでもう気が逸れないって喜んでるからね!?

俺は心の中でそう叫んでいたはずなのに、エヴァから向けられたのは、冷たい三白眼であった。

解せぬ……。

「そういえば、そちらの方も、くのいちの紋章なのね？」

ノブナの視線がカミーユに向く。

「ん。おそろい」

「拙者以外で、くのいちの紋章を見たのは初めてナリよ」

「珍しい？」

カミーユが、相変わらず単調な口調で首を傾げる。

「ミズホ神国でも、めったに発現しないナリよ」

「ん。レア」

嬉しそうに、カミーユが自分の左手を撫でた。

「それはそうと、そちらの蒼い鎧の……」

「レイドックです」

「そう。レイドックは冒険者なのよね？ 恐ろしいほど腕が立つのよ」

「ありがとうございます。でも、俺たちの強さは全部クラフトのおかげなんですよ」

「え？　錬金術師の？　どういうことなのよ？」

うぉい、レイドック！　余計なことを言うんじゃねぇ！

「俺たちは冒険者のなかじゃ、二流あたりをさまよってたんですよ。でも、こいつが次々と便利なもんを錬金してくれたおかげで、なんとか一流と呼べる領域に、手が届いたと思っています」

「貴方は間違いなく一流なのよ。そちらの弓士さんも、くのいちさんも、魔術師さんもなのね」

「ありがとうございます」

　彼女たちが直接確認したのはレイドックとソラルだけのはずだ。おそらく聞き取り調査などして、残り二人の活躍も知ったのだろう。

　それにしてもレイドック。お前らの考える、一流のハードル高くね？

　再会したときから、お前たちは十分一流だったと思うぞ？

「でも、錬金術ってちょっとした薬を作るだけなのよね？」

「普通はそうです。ですがこいつが作るのは、軒並み規格外なんですよ。……クラフト。スタミナポーションは献上品に入ってたよな？」

「ああ。普通に貿易予定品だ」

　一度こちらを振り向いたレイドックが、ノブナに向き直る。

「こればっかりは、実際に飲んで試してもらわないと実感してもらえないと思うのですが、ノブナ様のお強さなら、……そうですね、八割の力であれば、技を打ち放題になりますよ。剣技系の話になりますが」

「技を打ち放題？　信じられないのよ」

「そうでしょうね。でも事実ですよ」

「ふぅーん？」

ノブナが疑わしげに……いや、興味深げに俺の顔を覗き込んできた。

「ねえ、レイドック。貴方、うちの国に来ない？　貴方なら外様武家として迎え入れるのよ」

ノブナの言葉に、シンゲンが気がつき反応する。

「うむ！　ノブナが絶賛する武人であれば、歓迎するぞ！」

外様武家というのが、どんな地位や役職かわからないが、ニュアンスから名誉男爵や騎士位といったところか。

レイドックが軽く肩をすくめる。

「申し出はありがたいのですが、私は生涯ゴールデンドーンの冒険者をやっていこうと思っています」

「ふーむ。そうか。武人の信念はそうそう曲げられぬ。気が向いたら思い出してくれぃ」

「はい。ご厚意ありがたく存じます」

しかし、レイドックの野郎、こういう場でもそつなくこなしやがるなぁ。ほんとイケメンだわ。

「残念だけど、しょうがないのね。……だったら、そっちの可愛い子」

彼女が向いた先には、一心不乱にミズホ料理をほおばるマイナの姿があった。

時々ペルシアと感想を言い合っているようである。

「マイナだったわよね？　弟の……カネツグの嫁にくれない？」

俺は思わず、スシを吹き出した。

政略結婚は、偉いさんの宿命だよなって話

ノブナの爆弾発言に、俺たち全員が驚愕に固まる。

いや、当人のマイナだけは、気がついてなかったようで、「う？」と顔を上げただけだったが。

ノブナは周りの視線に気づいていないのか、意図的に無視をしているのか、空気を読まずに進める。

「カネツグとマイナなら、年齢も釣り合うと思うのよ。王国が本気で友好関係を望んでいるなら、いい話だと思うのよ」

ようやくマイナが状況を理解し、顔を青くしながらペルシアにしがみつく。

それを見て、俺は思わず立ち上がっていた。

「ダメだ！」

自分でもなんで叫んだのかよくわからないが、とにかくダメだと思ったのだ。

俺はおびえて首をふるふると振っているマイナの姿を見たくない。

「マイナはダメだ！」

俺が否定すると、マイナが目を丸くしたあと、少し嬉しそうに俺を見ていた。

守らなければと決意する。

しかし、ノブナが不思議そうに俺を見上げた。

「貴方はマイナの親でも兄妹でもないのよ？　結婚は親が決めるものなのよ？　王国では違うの？」

「うえ⁉　いや、それは……」

平民の俺たちですら、結婚は親が決めることが多い。貴族ならなおさらだ。ノブナの言っていることは正しい。

だけれど……。

俺が返答に窮していると、シンゲンが食いついてきた。

「ふむ！　それは良い！　カイル殿！　そなたの妹なら、カネツグにはもったいないほどの良縁だ！　いかがか！」

それに対して、俺が反射的に答えてしまう。

「シンゲン様！　残念ながらマイナの成績は悪いですから！」

「ぬ？」

「カイルは恐ろしいほど優秀ですが、マイナは学園でも勉強はサボりがちなんです！」

しーん。

部屋中に沈黙が降りる。

……あ、あれ？

ぽかーんとする者、呆れて額を押さえる者、殺意の波動を向けてくる者《ペルシア》。

そして、もんのすごく冷たい視線を投げてくる者《マイナ》。

ああああああ！

やっちまったぁぁあああ！

俺は思わず、頭を抱えて転げ回った。

すると、カイルが苦笑気味に姿勢を正す。

「シンゲン様、本日のマイナは、私の妹という立場で一緒にいますが、本質的な地位としては、ベイルロード辺境伯の娘となります。ですので、マイナの婚姻に関しては、父上であるベイルロード辺境伯が決定しますので、ここでは返答できません」

「ぬ？　そうなのか。では打診だけでも伝えて欲しい」

「お伝えはしますが、難しいとだけお答えしておきますね」

二人のやりとりに、俺はほっと胸をなで下ろした。

相手が誰であれ、マイナには納得のいく相手を探して欲しいもんだ。

「では、カイル殿にノブナをやろう！」

今度はシンゲンが爆弾を落としやがったぁぁあああ！

「うぅん。カイル様は可愛いけれど、あたしは武人のほうが嬉しいのよ」

ノブナが自分の気持ちを零すが、否定はしていない。

あくまで親の決定が優先ということなのだろう。

「シンゲン様のご厚意は嬉しく思いますが、国王陛下の血族より娶る方向で話が進んでいるのです」

え⁉

初耳なんだけど⁉

いや、でも、確かにカイルの立場なら、ヴァンが手放すわけがないか。

しかしそうなると、カイルの父ちゃんの嫁と同じような年頃の娘があてがわれるんじゃね？

嫁に出せるのが、成人前の娘ばっかりって言ってたし……。

「ふぅむ。それならば無理強いはできぬな。この話も打診はしておいてくれ」

「わかりました。陛下と父上にお伝えしておきます」

「どちらかでも、話が進むといいのだがな。ぐわはははははは！」

口ではそう言ってるが、すでに諦めたのだろう、シンゲンはとっとと飯の話に戻っていった。

ハンベエは残念そうに、政治の話をカイルと始める。

うん。良かった。焦ったぜ。

「そんな話より、レイドックの剣を見せてくれない？　相当の業物よね？」

ソラルとエヴァに挟まれながら、料理をパクついていたレイドックが顔を上げると、左右の二人がノブナを警戒するように身を乗り出す。

どうやらノブナは鈍感なタイプではないらしく、三人の状況を即座に理解したらしい。

「大丈夫よ。武人として興味があるだけだから、取ったりしないのよ」

その言葉に、ソラルは安堵し、エヴァは疑わしげな表情となった。反応が対極的でおもろいな。

「見せるのは構いませんが、武器を取っても？」

レイドックが入り口近くに立てかけられた、自分の剣を示す。

護衛のペルシア以外の武器は、一カ所にまとめられているからだ。

カイルに聞いた話だが、実質この武器を預けるという行為は、礼儀上残っているだけで、ほとんど意味がないらしい。

武具がなくとも、魔法や、素手の技など攻撃方法はいくらでもある。

なので、立場の強い者は、護衛の数を揃えるのが普通だそうだ。

だからこそ、さきほどの会談で、シンゲンとハンベエとノブナの三人しかいなかったことに驚いたわけだが。

そんな事情があるので、レイドックが武器を取ることは、簡単に許可された。

リーファンの渾身作である、オリハルコンの剣をノブナに手渡す。

彼女がゆっくりと鞘から引き抜くと、艶やかな刀身がぬらりと姿を現した。

揺れるロウソクの明かりに合わせて、波紋が波打つ。

しばらく無言で見つめていたが、ようやくノブナがぼそりと零す。

「……凄いわね」

それ以上言葉が出ないのだろう。ゆっくりと息を吐いていた。

カイルと話していたシンゲンがそれに気づき、のしのしとやってくる。

「ほう……これは」

シンゲンが剣を取り、じっくりと眺める。

ひゅ。

空を切る音と、チンという鍔鳴りが同時に聞こえた。

それまで抜き身の剣を持っていたはずなのに、なぜか刀が鞘に収まっている。

やや間を置いてから、近くのロウソクが、三つに分かれて落ちた。

「え？」

状況を理解できない俺たちに、レイドックが説明するように話し出す。

「お見事です、シンゲン様。剣技も使わず、並ぶロウソクの一本だけを切りつけるとは。誰にも気づかれぬ速度で剣を振るうことすら至難の業でしょう」

どうやら俺の目に見えなかっただけで、シンゲンは剣を振り回していたらしい。危ねぇなこの爺さん！

「ぐわははは！　まさか見切られて避けられるとは思わなかったぞ！　見事だレイドック！」

「前髪がなくなると、モテなくなりますからね」

え？　どういうこと？

俺の心の声がダダ漏れだったのか、ノブナが教えてくれる。

「お爺さまがレイドックの前髪を、数本切ろうとしたのよ。でも避けられちゃったから、ロウソクに八つ当たりしたのね。あたしでも視認するのが限界なのに、涼しい顔で避けてたのよ。あの男」

マジかよ。まったく見えなかったんだけど。

「シンゲン様は凄いな」

「お爺さまの剣を見切ったあいつのほうが凄いのよ。王国の剣士は化け物なのね」

「いや、レイドックを基準にされると困るぞ」

ゴールデンドーンの冒険者も、エリクシルの兵士も、強さは相当底上げされているが、さすがにこいつと比べるのはかわいそうだ。

「くのいちの娘も、相当な腕利きなのよね？」

「まぁ……こいつらまとめて例外だ」

「その例外と一緒にいる貴方も、普通じゃなさそうなのよ」

どうだろうね？

俺としては、ジャビール先生の足下にも及んでいないと思っている。

たしかに俺は、紋章のおかげで作れるもんは多いのだが、知識と研究で錬金術の質を押し上げている先生にかなう気がしない。

あれこそ本物の錬金術師の姿だろう。精進しなくては。

「立場的に身軽なので、同行してるだけですよ」

「ふぅーん？」

ノブナがずいっと身を乗り出し、俺を品定めするように顔を寄せる。

あの、ちょっと近いです！

女の子に慣れてないので、他意がないのはわかってても「こいつ俺に気があるんじゃね？」と

じーっ

か思っちゃうんです！

お願いします！　俺に誤解させないで！

じりじりと身をのけ反らせるも、ノブナの顔が離れてくれない。

うわ。まつげ長い。

って！　違う！

俺が慌てて視線をそらすと、たまたまエヴァと目が合った。うん。もの凄く冷たい視線を向けてらっしゃる。

さらに、マイナがすくっと立ち、ツカツカと歩いてきて、俺のことをぺちぺちと蹴り始めた。

マイナについてきたペルシアも、深淵の冥層氷獄牢《コキュートス》もかくやという、氷点下の瞳で俺を見下している。

なんで女子って、男子が女の子に近づくだけで不潔！　って目で見るの⁉

下心はないのよ、ほんと！　信じてぇ！

ノブナはマイナの行動と、周りの視線を見渡したあと、「ふぅん？」と楽しげに笑みを浮かべた。

「クラフトさんはモゲればいいんすよ」

ジタロー……お前はなにか勘違いをしている。

そんな感じで、夜まで続いた昼餐が終わった。

商品確認は、大事だよねって話

次の日、現人神ムテン・イングラムとの謁見はまだ調整中とのことで、今は御三家の判断で進められるものをすることになった。

髭の隻眼偉丈夫であるシンゲン・ヴィルヘルムが、いつものように、がははと豪快に笑いながら、俺たちを待ち受ける。

今日のメンバーは、カイル、俺、ペルシア、リーファン、カミーユで、残りはノブナの案内で街を回っているはずだ。護衛にはペルシアとカミーユがいれば十分という判断である。

シンゲンの横には、相変わらず疲れた様子のハンベエと別に、二人の武士がいた。

一人は年上の男で、鋭い目つきで俺たちを観察している。

もう一人は俺と同じ年頃の若い武士。

前髪をかき上げ、妙に格好つけている様子は、他の武士とずいぶん様子が違う。

思い出した。

クラーケン相手に苦戦してた若造（俺も若造だが）だ。

確か御三家の人間で、やたらノブナにアピールしてたが、けんもほろろだったやつ。今日はペルシアとカミーユにちらちらと視線を送っている。

節操なしかよ！

「ぐわははははは！　良く来たカイル殿！　今日は御三家が揃ったので紹介する！」

シンゲンが若いほうの武士の背中を、ばーんと叩く。よろめきながら若武者が前に出て、ふっと微笑みながら前髪をかき上げた。そんなに邪魔なら切っちまえよ。

「私は御三家の一つ、オブライエン家のカゲタカ。カゲタカ・オブライエンである！　今日は父モトナリの名代として来ている。まぁよろしく頼むよ、王国の……」

「私はカイル・ゴールデンドーン・フォン・エリクシルと申します」

「ずいぶんと若い領主なのだな」

「国王陛下には過分な評価をいただいております」

「……ふん。まぁいいさ。遠路はるばるご苦労だったな」

「ありがとうございます」

なんつぅか、偉そうなやつだぜ。

控えていたもう一人の眼光鋭い武士が、シンゲンに押し出される前に、自分から前に出る。

「……御三家セントクレア家の家長、マサムネだ」

「よろしくお願いします」

こちらの武士は、最低限の挨拶だけ交わす。様子見してる感じか？

とりあえず、お互いの紹介が終わったところで、シンゲンがぐわっと叫んだ。いや、地声がでかいだけか。

「さて、カイル殿！　今日は何を見せてくれるのだ？　昨日言われたとおり、表通りにアクセスが良く、かつ防衛が完璧な建物を用意したぞ？」

どうやらカイルは、宴会のさなかも、しっかり話し合いを進めていたらしい。まぁ、実際に対応していたのはハンベエのほうだろうが。

「まさか一晩で用意していただけるとは思いませんでした」

「ぐわはは！　この程度造作もない！」

「それでは昨夜ハンベエ様にお伝えした設備を設置させていただきます」

「なに!?　なぜハンベエだけ知っている!?」

「父上が、王国の菓子に夢中になって聞いていなかっただけですよ……」

貢ぎ物レベルでない手土産として、お菓子なんかを持っていったら、夢中になって食べてたからな。食事の質はミズホ神国が上だが、甘味なんかは王国のほうが発達しているようだ。

人間の生存領域は狭いから、現状では王国以外に主食以外の嗜好品を作る余裕などほとんどないのだろう。王国でもそんな余裕ができたのはゴールデンドーンができてからだが、錬金肥料のおかげで、短期間でいろいろと収穫できている。

王国が豊かになっているのは、そういう部分でも伝わったのだろう、ハンベエはカイルの提案に飛びついて、翌日である今日に、設備を設置することになったのだ。

「設置には少し時間がかかります。リーファンさん。お願いしますね」

「うん。お任せください！　クラフト君、仕上げになったら呼ぶね」

「わかった」

設置しているところはミズホ側に見せたくないので、用意してもらった倉の中に、空間収納から建材を取り出し、あとはリーファンに任せる。

「それでは完成まで、こちらを見てもらいたいと思います。クラフト兄……クラフトさん。お願いします」

「はい」

俺がやるのは、錬金硬化岩の説明だ。

火山灰などの原材料がミズホで手に入るかはわからないが、錬金硬化岩用の錬金薬は大量生産が可能なので、輸出ができるならかなりの儲けが出ると、カイルが事前に説明してくれていた。

俺は庭の端の邪魔にならない場所に、板を数枚使い簡単な型を作ると、そこに錬金硬化岩を流し込みながら、見学しているサムライたちに説明を始める。

「このまま数日乾かし、水分を飛ばすのですが、今日は時間がないので、水分蒸発薬を使います」

まだ固まっていない硬化岩に蒸発薬を混ぜ込むと、じゅおおと水蒸気が上がり、あっという間に硬質化したので、木枠を外してそれを見せる。

ハンベエだけでなく、御三家セントクレア家のマサムネも、目を剥いてのぞき込む。

「なんと……この短時間で石垣が……」

「木枠を組めば、形も自由自在か……」

「少量ずつ運べるのだから、石垣と違い、高い場所にも容易に建設が可能であるな」

見るからに頭脳派のハンベエとマサムネは、硬化岩の利点を見抜き、即座に活用法を話し始める一方、シンゲンとカゲタカは固まった硬化岩のほうに興味を引かれていた。

「おお！　泥としか思えなかった物が、このように固まるか！」

「ふん。どうせ見かけ倒しだろうよ！」

カゲタカは前髪を、ばっとかき上げると、腰のミズホ刀を抜き、硬化岩へと振り下ろす。

がぃいんと、甲高い金属の音が辺りに響くと同時に、カゲタカが「ぐわぁ！」と刀を取り落とした。

手が痺れているようで、手首を押さえている。

「おぅわぁ！　か、刀が！　刀が欠けたぞ！」

もちろん硬化岩のほうも欠けているが、頑丈さは伝わっただろう。

「オブライエン家の長男ともあろうものが情けない……。刀が泣いておるぞ。どれどれ」

今度はシンゲンが腰を落とし、刀に手を添える。居合いの構えだが、王国の剣士が良くやる構えとは違うようだ。

チン。

俺が認識できたのは、鍔鳴りだけ。昨夜とまったく同じ状況だ。ってことは……。

指で硬化岩を突くと、ずるっと岩塊が滑り、地面へと落ちた。真っ二つになった硬化岩の表面は、磨いたように真っ平らなのが恐ろしい。

「なるほど。この強度で城壁を作ったら厄介だろうぞ！」

シンゲンの感嘆に、俺は思わず言葉遣いも忘れて突っ込んでしまう。

「いやいやいや！　バターみたいに真っ二つじゃないですか！」

「ぐわははははは！　そりゃワシだからだ！　御三家の長男が手こずるのだから、強度は巨大な一枚岩と変わらぬ！　ワシとて、厚みがあれば手が出せんわい！　ハンベエでもこの大きさを壊すのが精一杯だろうよ！」

ガハハと笑うシンゲンに、ハンベエは無言で肩をすくめるだけだった。

破壊はできるのね。

シンゲンは達人だけど、ハンベエもアルファードかペルシアくらいの腕前を持っていそう。ミズホのトップ連中は化け物揃いだわ。

だからこそ、この小国を守り抜いてこれたんだろうな。

一通り、硬化岩に対する質問を終えてから、カイルが先に進める。

「さきほど硬化岩にも使った水分蒸発薬は、このような応用もできます」

あらかじめ用意しておいた、海水の入った樽に、蒸発薬を突っ込むと、激しく水蒸気が上がり、煙が収まると、樽の内側には塩の結晶がこびりついていた。

「なんと！　これほど簡単に塩に！」

「はい。この錬金薬は価格を抑えて出荷させていただこうと思っています」

それにマサムネが目を細める。

「なるほど。その代わり塩を安価で輸出しろ……ということか」

「そうご理解いただけたら嬉しく思います」

「数日でミズホの強みと弱みを見抜いて、交渉ごとに乗せてくるか。王国が侮れないのか、カイル殿が侮れないのか悩むところだな」

「お褒めの言葉と受け取っておきますね」

　ニコリと微笑むカイルに、マサムネが今日初めて、わずかに頬を緩めた。どうやらハンベエだけでなく、御三家の人間に認めてもらったらしい。

「それでは塩と硬化岩の錬金薬は、セントクレア家が取り仕切ると言うことで――」

「待て、マサムネ。それは我がヴィルヘルム家が責任を持って――」

「ヴィルヘルムが得意は、刀であろ？　そろばん勘定くらいはセントクレアに任せて欲しいものだ」

「だが――」

「いやいや――」

　なんか権利を巡って、二人が言い争い始めちゃったよ。お互い笑顔なのに、目がまったく笑ってねぇ。怖い！

「どの家が取り仕切るかは、王国には関係のない話だろう。二人とも今は概要だけを進めぃ！」

「「はっ！」」

　将軍であるシンゲンの一言で空気が収まる。

　そのタイミングで、リーファンが建物の入り口から顔を覗かせた。

「クラフト君！　仕上げをお願い！」

「ああ！」

俺は逃げるように、建物に駆け込む。

「白熱してたねぇ」

「商談にまで進んだら、全部アキンドーにぶん投げよう」

リーファンが「そうだね」と、クスリと笑った。

「それじゃあ仕上げちまうか」

「うん！」

倉庫のような建物に設置されたのは、もちろん転移門だ。

すでに王国側……ゴールデンドーンには、対になる門が設置済みである。ミズホ神国に転移門を設置するかどうかの判断は、カイルに一任されていた。

ゴールデンドーン側の転移門は、専用の建物内に設置されているので、セキュリティー的な問題もクリアしている。

カイルはミズホ神国との貿易を、人類一致団結の第一歩と位置づけたようで、早急に設置することを決めたのだ。

俺は錬金術式の魔法で、転移門を仕上げる。

「最終テストだね！」

頷きながら、通信の魔導具を起動し、アルファードにつなぐ。

転移門を繋げることは、昨夜のうちに連絡済みなので、すぐに反応があった。

『クラフトか。こちらの準備は完了しているぞ。カイル様の様子はどうだ？』

「昨日も聞いただろ、いつも通りだよ」

『カイル様はずっとお身体が弱かったのだぞ⁉　いつ万が一が起こるかわからんではないか！』

エリクサーのおかげで、完全に健康体だっつーの。むしろ日々逞しくなっとるわい。

「わかったわかった。元気にサムライ共とやりあってるから安心しろ」

『なんだと⁉　貴様！　カイル様になにをさせている⁉』

「え？　なんで怒られてるの？」

『カイル様に剣を持たせて相手をさせているのだろうが！』

「アホか！　想像力が逞しすぎるわ！」

過保護すぎて、想像がぶっ飛びすぎだ！

「ミズホの重鎮たちを待たせてるから、さっさとテストするぞ！」

『本当に大丈夫なのだろうな？』

「心配ならこっちに来て、直接確認すりゃいいだろ！」

『そうだな！　すぐにつなぐぞ！』

カイルに会える喜びで、すぐに魔石をセットし、転移門を起動するアルファード。

まったく。通信の魔導具で視界共有してるんだから、カイルの様子は毎晩確認してるだろうに……。

こちらも魔石をセットし、転移門をつなげると、すぐさまアルファードが門から飛び出してきた。

……お前はゴールデンドーンの責任者だろう。

いや違うな、責任者はザイード兄ちゃんか。だからいいのか？

「防衛責任者が、他国に来ていいのかよ」

「カイル様のお顔を確認したら、すぐ戻る」

「さよか」

ほんと、アルファードとペルシアはカイルのことが好きすぎるだろ。俺も人のことは言えないが、ここまで過保護じゃないからな。

口に出さなかったのに、リーファンは眠たそうな視線を向けてきた。

「クラフト君も大概だからね？」

俺は肩をすくめることで応えながら、建物の扉を開ける。

「お待たせしました。転移門の設置が完了いたしました」

「おお！　待っていたぞ！」

シンゲンが危険の確認もせずに、建物の中にずかずかと踏み込む。

「ずいぶんと大きいのだな」

「馬車が通れるサイズになっていますから」

「ふむ……ん？　貴殿は？」

シンゲンがアルファードに顔を向ける。そりゃ、建物には俺とリーファンしかいなかったんだから、驚くだろう。たとえ頭では転移門を設置していると理解していてもだ。

「お初にお目にかかります！　私はエリクシル開拓伯領、聖騎士隊隊長を任命されております、アルファード・プロミスと申します！」

「ほう？　カイル殿の懐刀と言うわけか。いい目をしているな」

「ありがとうございます！」

アルファードには、サムライたちの容姿は説明してあったので、すぐに将軍とわかったようだ。

……まぁ、隻眼で髭で筋肉ダルマで、カイルより先に部屋に入ってくるのだから、間違えようもないか。

ハンベエがチラリとアルファードに視線をやり、ぼそりと零す。

「なるほど。すでに転移門はつながっていて、そちらからお越しになったと」

「はっ！」

「では早速ワシも！」

「父上⁉」

ハンベエが止める間もなく、シンゲンが転移門へと消えた。

段取りがめちゃくちゃである。

「……はっ⁉　クラフト兄様！　アルファード！　一緒に！」

呆けていたカイルが、慌てて自分も転移門をくぐる。俺とアルファードも慌てて追いかけた。

「ぐわははははははは！　本当に……本当に別の地に立っておるぞ！」

ゴールデンドーン側に待機していた、アルファードの部下である聖騎士隊が、一人だけで現れた偉丈夫に困惑している。

不審者として捕まえるべき状況だが、今日は他国の重鎮がやってくることも理解しているので、動くに動けなくなっているのだろう。

カイルが飛び出し、慌てて聖騎士隊を制止すると、騎士たちは安堵する。

俺とアルファードだけでなく、ハンベエ、カゲタカ、マサムネも続く。

「父上！　他国に招かれているのですぞ⁉　勝手は困りまする！」

「おお、すまんすまん。ぐわははははは！」

「笑って誤魔化さないでください！」

やべぇ。こいつ絶対ヴァンと同類だわ。

ミズホのサムライたちが、改めて周りを見渡す。

転移門がすっぽり収まる建物には、門より一回り巨大な両開きの扉があり、大きく開け放たれている。

門の外は大きな広場となっていて、厩舎も並んでいる。建物と広場は錬金硬化岩の壁で囲われていて、さきほどと同じ造りをした両開きの門が、出入り口として設置されている。こっちは閉じられていた。

カイルがミズホ代表の前に立つ。

「あの門の外を少し進めば、ゴールデンドーンとなります。本日はこの壁より外には出ないようお願いします」

注意事項を述べるが、彼らの耳に届いているかどうか……。

サムライたちの視線は、一点に注がれていた。

ゴールデンドーン。

広大な市壁と、頑丈な城壁。そして壮麗にして威容を誇る城。

それだけではない。市壁を超す高さの集合住宅が、タケノコのようににょきにょきと生えているのだ。

初めて見る者は、必ず言葉を失う。彼らも例外ではなかったようだ。

「なんだ……あの……砦は……」

「要塞……なんて言葉では生ぬるすぎまするな」

「げ、幻術ではないか⁉　王国が我らを脅すための！」

「カゲタカ……これから貿易をするのだ。今我らを騙すことになんの意味がある？」

「うぐ……」

貿易が始まれば、いくらでもゴールデンドーン市内に行ける。ハンベエの言うとおり、ここで騙す意味などない。まぁ、現実味のない巨大都市であるのは認めるが。

カイルが小さく咳払いをし、襟を正す。

「話を続けますね。この広場で荷物の検閲を行い、問題がなければ正門から出ていただき、皆様が見ているゴールデンドーンに向かってもらうことになります。ミズホ神国側にも、同様の検閲広場を準備していただきたいと思っています」

さすがに国をまたいだ貿易となるので、お互いに検閲しないわけにはいかない。

それにどうしても、一部の品物には税を掛けなければならないものも出る。

「ふむ。壁で囲った広場を作れば良いのだな」

「はい。必要であれば、錬金硬化岩を用意いたしますが？」

「いや、この程度の広さであれば、石垣ですぐに準備できる」

「わかりました。完成予定日がわかれば、その日に合わせて本格稼働いたしましょう。それまではテストを繰り返す予定です。転移門がつながって開いている状態になると、魔石の消耗が激しくなりますが、当面は王国が負担致します。貿易が本格化したら、ミズホ側で用意していただくか、購入していただきます」

　カイルが転移門に設置されている魔石を示す。

「どの程度の魔石だ？」

「サイクロプス級の魔石で一時間ほどでしょうか？　サイズや質にもよりますが」

「ふむ。それならば我が国で賄えるな。できるだけ準備をしておこう」

「ありがとうございます」

「父上。壁と門だけならば、急がせて数日で完成できまする。十日後に本格運用を始めては？」

「うむ。お前ができるというなら、そうしよう」

　どうやらハンベエは一刻も早く、貿易を開始したいようだ。気持ちはわかる。こちらとしても、塩や新鮮な魚介類は大歓迎なので、早い分にはありがたい。

「それでは十日後で予定を立てましょう。式典などはいかがしますか？」

「当面はお互いに、指定した商人だけを使ったほうが良かろう。問題点を洗い出してからでないと、怖くて一般公開なぞできぬ」

シンゲンの爺さん、武力だけでなく、頭も回るらしい。

「わかりました。こちらも人選を進めておきます」

「うむ」

カイル、こっちの商人はアキンドーに丸投げでよろ！

「しかし……」

シンゲンが髭を撫でる。

「あの巨大都市といい、蒸発薬といい、硬化岩といい、転移門といい、オリハルコンといい、ずいぶんと便利なものを、王国は秘匿していたものよ」

カイルは笑って返す。

「違いますよ、シンゲン様。秘匿していたのではなく、おっしゃった全ての技術は、この一年の間に、そこにいる錬金術師のクラフトさんが生み出したのです」

ちょっ⁉　カイルさん⁉

「ほう……この全てを？」

「はい！　他に伝説品質のスタミナポーションや、ヒールポーションなども量産しています。また技術の普及にも熱心で、私が尊敬しているお方なのです！」

「ほうほう……天下一の錬金術師、というわけか。素晴らしいな」

「はい！　クラフトに……さんは素晴らしいのです！」

待って、カイル！

三人のサムライが、獲物を見つけたオーガみたいな目で俺を見てるの！　気づいて！

俺はこの日ずっと、三人から熱い眼差しを向け続けられるのであった。

無論、カゲタカ以外の三人からである。

どうやら、カゲタカは、自分の前髪以上に、俺のことは気にならないらしい。お三方も見習って！

その夜。寝る前の頃だ。カイルが俺に向かって笑みを浮かべる。

「無事に終わって良かったですね。兄様」

「無事……なのか？」

次の日から、現人神ムテンと拝謁するまでの数日。

俺たちは国家間交渉と、接待地獄に陥ったのだが、なぜか出会う全てのミズホ人（亜人含む）から、ミズホ神国に勧誘されるのだ。

行かないよ⁉

行かないからね⁉

何度か、妙に美人だったり、可愛かったり、壮麗だったりな、色とりどりの見目麗しい女性たちに求婚され、そのたびにウチの女性陣に白い目で見られる場面が多々あったが……、概ね無事に忙しい日々が過ぎていったのであった。

とほほ……。

そして、とうとうムテン・イングラムとの謁見を許され、俺とカイルが代表として向かったのだが、現人神の住まう御所は、まさに人界と天界の狭間に相応しい場所だったのだ。

その場所は息を飲む静けさであった。

その場所は澄んだ空気で満ちていた。

その場所はとても質素であった。

その場所は気品がにじみ出ていた。

そして。

その場所は神聖であった。

俺たちが将軍の屋形に向かうと、予定通り現人神ムテンとの謁見が許されたと教えてくれた。

初めはカイルのみの予定だったが、現人神ムテンが俺に興味を持ったらしく、ついてこいと言われて焦る。

全力でお断りしたいんですけど⁉

だが、カイルを一人で向かわせることに最後まで反対していたペルシアのことを考えると、俺だけでも一緒に行けるようになったのは喜ぶべきだろう。

俺たちはシンゲンに案内され、将軍屋形の裏手にある参道を登り、よく整備された林の中を歩く。

鳥居と呼ばれる朱色の木枠を抜けると、周りの雰囲気が変わっていく。上手く言葉にできないが、空気が切り替わったというのか、自然と身が引き締まる感覚になったのだ。

だが、不思議なほど、その感覚を不快とは思わない。

これは元冒険者と、錬金術師としてのカンだが、呪いや幻覚の類いではないだろう。

どこか涼しげな林を抜けると、現人神の住まう御所へと到着した。

この国で一番偉い人の住む場所のはずなのに、飾り気がまったくない。いや違う、恐ろしいほど自己主張してないだけで、一見気づかないような控えめな場所に、圧倒的な技法を用いられているのだ。

ミズホ神国に来てから、リーファンがずっとミズホ建築に夢中だったので、俺でも少しは理解できるようになっていた。そのミズホ建築の粋が集められているのは間違いない。

にもかかわらず、シンプルに集約されているのだ。

俺もカイルも、一瞬で確信する。この先にいるのは、とんでもない人物だと。

張り詰め、ぴんと背筋の伸びる空気の中、御所へと続く、廊下を進む。

無垢材のみが使用された謁見室。

思わず息を飲んでしまう。

二つ並んだ椅子に案内され、俺とカイルが席に着く。

正面には御簾が下ろされている。御簾の左右に、頭を下げたままの女性が二人。微動だにしない。

　シンゲンが朗々たる声音で語り出した。

「神代の刻より、紡がれし、唯一の血統であらせられる、現人神ムテン・イングラム陛下との面会を許可する」

　左右の女性が、頭を下げたまま、ゆっくりと縄を引くと、御簾がゆるゆると上がっていく。

　そこに鎮座していたのは、カイルとさして年齢の変わらぬ青年だった。

　だが、そこに漂う空気は、限りなく透明で、鮮烈。

　俺が今まで出会った一番位の高い人物はヴァンだが、比べるまでもない。人として格上なのがムテンだと、理屈なく確信できる。

　ムテンはこちらを見て……いなかった。

　彼は目を閉じたままだったからだ。

　そして現人神ムテンから、鈴の音のように響く声が発せられる。

「お二方、遠いところからはるばるお越しいただき、誠にありがとうございました」

　そのまま表情を変えず、続ける。

「私はこのとおり、幼い頃に病気で光を失ってしまいました。失礼もあるかと存じますが、ご了承いただけると幸いです」

　カイルがなにも答えないので、俺も同じように無言を貫く。

「私はこのミズホ神国において、全ての責任を司る、ムテン・イングラムと申します」

事前の打ち合わせ通り、カイルと俺は立ち上がる。

「私はマウガリア王国より、外交使節団大使の任を預かっている開拓伯爵で、カイル・ゴールデンドーン・フォン・エリクシルと申します。このたびは謁見の栄誉を賜り、恐悦至極に存じます。横に控えるのは生産ギルドより、外交使節団員として同行している、黄昏の錬金術師である、クラフト・ウォーケンです。以後お見知りおきいただけたら幸いです」

俺は無言で一礼するだけだ。カイルが頼もしすぎるぜ！

「ご着席ください」

シンゲンがいつもの豪胆さの欠片も見せず、厳かに謁見を進行させると、ムテンがゆっくりと口を開いた。

「それでは貴国より提案された、国交の樹立や交易に関して、御三家の同意が得られたもの全てを、このムテン・イングラムが承認します」

ここで初めてカイルが一礼した。

「ありがとうございます」

予定では、これで謁見は終了である。俺は大きなミスもなく、内心で安堵の息を大量に吐き出していたのだが、安心するのは早すぎた。

ムテンが将軍に呼びかける。

「シンゲン」

「は」

「カイル様とクラフト様を残し、退席してください」

「は……は？」

「私はこの二人と話をします」

「い、いや、ですが！」

「私はシンゲンを信頼しております。そしてシンゲンの連れてくる者も信頼しております」

　ムテンは目を閉じたままなのに、しっかりとシンゲンに顔を向けていた。

　シンゲンは口を開きかけては閉じ、閉じては開きかけることを数度繰り返したあと、ゆっくりと「わかりました」と答えた。

　え⁉　わかっちゃうの⁉

　俺の驚きをよそに、シンゲンが手を振ると、御簾の脇に控えていた二人の女性が頭を下げたままの姿勢で、すっと部屋から退出する。

　それを見届けたあと、シンゲンもゆっくりと部屋の出口へと向かった。

「隣におりますので、いつでもお呼びください」

「そなたに感謝を」

　シンゲンも退出し、部屋にはムテンとカイルと俺の三人だけが残った。

　くっ、空気が重い！

　椅子から立ち上がることも、声を上げることもできずにいると、急に空気が弛緩した。

「ふう……シンゲンにも困ったものです」

「え？」

ムテンは言葉通り、困った様子で、軽いため息を吐く。その姿はさきほどまでの神聖な姿ではなく、年相応の礼儀正しい少年のそれ。

「ああ。二人とも、気を楽にしてください。立場上、あのような態度を取らざるをえなくて」

「あの……」

「大丈夫ですよ。カイルさんとクラフトさんとは、個人的にゆっくり話したかったもので、今は神の血筋である現人神ではなく、ムテンという一人の人間として接してください」

目は閉じたままだが、その視線は俺たちに刺さっているように感じる。

「しかし……」

カイルは己の立場をわきまえている人間だ。だからこそ、ムテンの状態に気づかなかったのだろうが、俺は気づいてしまった。

ムテンは気楽に言っているようで、その手が微かに震えていたことを。

おそらく、本当はこのような言動をしてはいけない人なのだ。なら、さきほどの言葉は、現人神という立場ではなく、ムテンという個人の叫びなのではないか？

「いいんじゃね？　本人がそう言ってるんだから」

「クラフト兄様⁉」

「！」

俺が肩をすくめながら、気楽にそう口にすると、カイルが顔面を蒼白にして俺に振り返る。

そして、ムテンは無表情に見えるが、彼の唇が微かに震えているのに気づく。それは昔、時々見た記憶があった。

耳をこちらに向け、じっと俺たちの様子を探る、あの感覚は……、期待……だな。

俺の子供時代。

孤児院で、親に捨てられてやってきた子供たちを思い出す。

虐待などを受けた子供たちだけではない。人として、一人の個として扱われず、捨てられた子供たちも大勢いた。

そんな連れられてきた子供たちが、同じ孤児院の子供を見る目は、恐怖、達観、諦め、……そして期待。

もちろん、ムテンが酷い仕打ちを受けるわけもなく、大事にされていないわけもない。

いや、だからこそ、大事にされているがゆえに、人として扱われてこなかった人生は、残酷だったに違いない。

だから、俺は今まで連れてこられた孤児の子供たちにしてやったのと同じように扱ってやると決めたのだ。

「カイルはなにをびびってんだ？　個人として接してくれって言ってんだ！　なら、俺から見たらムテンは年下！　俺の弟みたいなもんだな！」

気楽に言って、いるつもりだ。だが、その声がわずかに震えているのが自分でもわかる。

そりゃそうだ。普通に考えたら即、首を刎ねられる罪だろう。ムテンに俺が汗だくであるのがわからないことは幸いだな。

……いや。声の震えなど、とっくに見抜かれているだろう。

それでも俺は続ける。

「よし、ムテン！　俺のことは兄と呼んでいいぞ！　カイルとお揃いだ！」

額から滝のような汗が流れる。

大丈夫だカイル。ムテンが怒り狂って、シンゲンが飛び出してきても、お前だけは絶対に逃がす！

そもそも、隣の部屋にいるシンゲンに、この会話が聞こえてないはずがない。現状で出てこないってことは、全てはムテンの反応次第ということだろう。

静止した時間は数秒にも満たなかっただろうが、俺にとっては永遠と感じるほどの刻が流れた。

「ふふ。やはりクラフトさんは思っていたとおりのお方だったんですね」

内心で俺は「勝った！」と叫びまくる。

「本当に兄上と呼んでも良いのですか？」

「おう！　ドンとこい！　……あ、ただし、三人のときだけな？」

「ふふ……了解いたしました。兄上」

俺は立ち上がり、ムテンの横に移動し、その頭をわしわしと撫でてやる。

……たぶん。こいつはこんなこともされたことがない気がして。

「クラフト兄様……」

カイルが安堵の息を吐いたあと、少し頬を膨らませて俺を睨んできた。

「わはは！　カイルは意外とさみしがり屋だな！　ほれ！」

今度はカイルの頭をわしゃわしゃしてやる。

「ちょっ！　ち、違います！　そういう意味では……！」

「その割に、顔が真っ赤だぞ！」

「ちっ、違いますからね！」

うんうん。たまにはそういう年相応の反応を見せてくれると、俺は安心するよ。

カイルとマイナを足して二で割ったらちょうどいい性格になりそうなんだがな。

俺はカイルとムテンの手を取り、お互いを立ち上がらせ、無理矢理握手させた。

「今日からカイルとムテンは兄弟な！　仲良くしろよ！」

カイルは目を剥いてから、握られた手を見つめる。

「ムテン様――」

「カイル。兄弟なんだから、遠慮せず呼び捨てにしてやれ！」

きっと、たぶん、それがムテンの望むことだから。

カイルには、俺の心の声が聞こえたと思う。

「……わかりました。ムテン。僕たちは今日から兄弟です。ただし、三人だけの内緒の兄弟ですが」

「はい。ありがとうございます。カイル……兄上」

「え？」

「そう呼ばせてください」

カイルは少し間を開けたあと、握手に力を込めた。

「わかりました、ムテン。今日より僕は貴方の兄となります。困ったことがあったらいつでも頼ってください」

「心強く思います、カイル兄上」

ムテンが優しく破顔する。

俺はその笑みを見て、自分の無鉄砲さを久々に褒めたくなった。

「兄様、リーファンさんには教えられませんね」

「うおう！　絶対に内緒だから！　カイル！」

カイルとムテンが声を合わせて、屈託なく笑い声を上げるのであった。

……。

マジで内緒にしなければ。正座じゃすまないぞ、これ。

遊びには、必ず終わりがあるよねって話

行きはよいよい、帰りは一瞬。

転移門が設置できたので、いつでも帰れることから、俺たちは予定より滞在期間を延ばすことにした。

ムテンの計らいにより、屋形を一軒いただいたので、俺たちはそこに住んでいる。もっとも、テストと称して毎日何人もゴールデンドーンからやってきては、カイルの前に仕事を積んでいくのはやめてもらいたい。

ミズホ側の人間も、交代でゴールデンドーンに足を運んだようで、御三家の人は、留守を預かるカイルの兄、ザイードとの面会なんかもしていたようだ。

まだ一般公開された情報ではないのだが、両陣営ともに上層部が激しく行き来しているため、一般市民にも、貿易が始まることが漏れ伝わっているらしい。

初めは他愛のない噂話だったが、ミズホ側では塩田職人に水分蒸発薬が配られ、実験を命じられたり、硬化岩の錬金薬を普請奉行に研究させたり、武士の一部に伝説品質スタミナポーションが配られたりするし、ゴールデンドーン側では、岩塩とは違う白い塩が一部の料理人に配られたり、純度の高い金の塊が商業ギルドに持ち込まれたり、数の少ない二足鳥が牧場に運ばれたりしたのだ。

特にゴールデンドーンでは、王都とつながる転移門の存在は知られているので、商人たちの暗躍がすでに始まっている。ミズホ側でも耳ざとい商人たちが、情報収集に躍起になっているようだ。

そんななか、マウガリア王国の大使館ができたのだ。ほぼ確定情報として、ミズホの街は激しく活気づいている。

ちなみに、大使館ができたというのは新設という意味ではなく、城に近い屋形を大使館として指定しただけだ。

俺たちが住んでいるのがその大使館で、本格運用するまで滞在しているだけのことである。

当然、駐在大使候補の文官も一緒に仕事をしていた。

残念ながらマイナは転移門でゴールデンドーンに戻され、ザイードの監視下で、学園生活に戻っている。

もっとも、マイナはしょっちゅう夕食を食べに、こちらに来ているのだが。

マイナはザイードにめちゃくちゃ怒られたらしく、機嫌が悪かったので、息抜きも兼ねているのだろう。

よほどミズホ料理を気に入ったらしいな。俺も気に入っているのでなにも言えない。

勉強がおろそかになっていたら、転移門の通行許可を出さないとカイルとザイードに言われているので、普段よりも真面目に学業を励んでいるようでなによりである。

なお、ジタローはミズホに入り浸りであった。

まぁ、カイルの護衛の一人って名目だから当然とも言えるが、カイルの護衛には、すでに聖騎士隊が交代でついてるので、帰ってもいいのよ？

エヴァはミズホ独特の魔術形態に興味を持ち、借りた書物に没頭している。もちろん護衛なので、執務室の隅に机を借りてであるが。

俺はふと気になって、エヴァに尋ねる。

「そういや、カミーユとマリリンはなにをしているんだ？」

エヴァが顔を上げ、魔導書を閉じ肩を回す。熱中しすぎて身体が固まっていたらしい。

「カミーユはノブナ様の配下の、チヨメさんと一緒に訓練してるわ。同じレア紋章のくのいちの紋章を持ってるから、いろいろ教わってるみたいね」

「ああ。なるほど。先人がいるのは心強いな」

チヨメはノブナ直轄の部下だから、腕は超一流だろう。

さらに猫獣人ということもあり、身軽だ。カミーユも軽装タイプなので、相性もいいだろう。

二人の一番の差は胸……いやなんでもない。

「マリリンは、治療院に出入りしていて、けが人の治療を手伝っているわ。なんか女神とか言われ始めてて、困惑してるみたいね」

「ああ……」

そういや、マリリンがミズホのサムライたちに女神と呼ばれているという話を、風の噂で聞いていた。

ただ、俺の耳に届いたのは「おっぱいの女神」って話だったが。

気持ちはわかるが、やめてあげなさい。

別の噂では、マリリンの姿絵が裏で流行しているらしいのだが、どうもそれが少しばかり大胆な服装になっているらしい。ミズホには変態紳士が多い気がする。

ジタローが躍起になって手に入れようとしているので、やつが手に入れたら、俺も確認させてもらおう。

……。

もちろん、公序良俗が守られているか確認するためだからな⁉　他意はないんだからね！

「ま、まぁ、マリリンをナンパするようなやつが出てくるのなら、対処しよう」

「不思議とそれはないらしいわ。握手とかは求められるらしいけど、それも行儀良く並ぶみたいだし、この国の人は紳士なのかなんなのか、わからないわね」

「まったくだ」

思わず深く同意してしまう。

エヴァの視線が俺を探るように変化したが、それを無視した。

「ノブナ様は、マイナ様が帰国してしまったのを残念がっていたようよ」

「ああ。妹のように可愛がってくれてたからな。マイナも寂しがってたよ」

珍しく、マイナが俺たち以外になついていた。

いや待てよ、最近は誰とでも積極的に行動してるな。

出会った頃のマイナはカイルの背中に隠れる、お淑やかな性格だったのに、いつの頃からか、他人の迷惑をあまり考えず、突き進む性格に変わっている。

それはもちろん、俺にとって嬉しい変化だ。だからマイナがそれで失敗しても、全力でフォローすると決めている。

「んじゃ俺も調合に戻るよ。何かあったら教えてくれ」

「わかったわ」

屋形の一室に用意してもらった錬金部屋へと移動する。ゴールデンドーンの生産ギルドに戻ることも考えたのだが、ギルドから転移門まではそれなりに距離があるため、緊急時に対応できないことから、このような形になっている。

ミズホの錬金術師が数人、助手として手伝ってくれている。ミズホ的には受け入れてくれたらラッキー程度の打診だったのだろうが、俺はジャビール先生と相談したうえで、助手を受け入れた。

一部の技術を除き、可能な限り彼らに俺の知っている錬金法を教えている。年上ばかりで少しやりづらいが、彼らは文句を言うどころか、喜んで教えを請うてきた。

俺の……いや、俺やカイルやヴァンやジャビール先生の願いは、人類が一つになって、魔物を打ち倒し、生存すること。

だからこそ、そのための技術を隠すことはしない。

……残念ながら、黄昏の錬金術師の紋章による力押し錬金や、膨大な知識と研究で、錬金する先生のまねはできなかった。

こう言ってはなんだが、ミズホの錬金術師たちは、ジャビール先生の弟子の弟子の弟子の弟子のレベルにすら到達していない。

どうやら数年に一度、帝国で開かれている学会の存在すら知らないらしく、細々とやっていたらしい。

そんな事情から、先生の考えた手に入れやすい素材を使った新しい錬金法を、食いつくように学んでいるのだ。

とりあえずの目標は、上質品質のスタミナポーション作成だ。

なお、上質品質とは、十段階で真ん中の五番目の品質となる。これでも伝説品質が流通する前は、最高級と呼べる品質だったわけだが。

こんな感じで、楽しくも忙しい日々が過ぎていたのだが……。

俺たちは、少しばかり平和に慣れすぎていたのかもしれない。

ミズホ神国の南にある小国家が、魔物のスタンピードによって、一夜にして滅んだという情報が、ミズホ中を駆け巡る。

この世界は、未だ魔物が支配しているのだと、俺たちに思い出させてくれたのだ。

【異国の少女は、友達になりたい】

その日、ミズホ神国の大通りを、一人の少女が元気良く歩いていた。

武士装束だが、一般的なミズホの男性武士と比べると、やや軽装備か。動きやすさを重視しているのだろう。

くりっと大きな瞳が、きらきらと太陽の光を反射している。

彼女が歩くと、すれ違う人々が、明るく声をかけていく。

「今日はいい天気ですねぇ、ノブナ様」

「ノブナ様、こんにちは！」

「今日は魔物退治じゃないんですかい？」

一人一人に手を振って応えながら、武士の少女……ノブナ・ヴィルヘルムは目的地へと軽やかに進んでいく。

彼女はミズホ神国の軍事と政治全てを取り仕切る、御三家と呼ばれる三つの武家の一つ、ヴィルヘルム家の長女である。ノブナは本日、重要な任務を請け負っていた。

ミズホ神国は三大国である、マウガリア王国、デュバッテン帝国、ゼビアス連合王国に挟まれた、小国家群の一国である。

もっとも、挟まれたとはいっても、国と国の間には、危険な魔物の領域が広がっているため、隣接しているという印象はない。

小国家群地域内ですら、交流が希薄なので、ミズホ神国には大国に囲まれているとの認識は非常に薄い。

そんな中、今までほとんど交流のなかった南の大国、マウガリア王国の使節団がやって来たのだから、ミズホの上層部である御三家は対応に大忙しだった。

今までも、たまに帝国や連合の冒険者や商人がミズホを訪れることはあったが、正式な使者が来たことなどはない。

今回、王国から一番遠くにあるミズホ神国に直接使者を送ってきたことをみるに、王国がある程度の下調べをしていることがわかる。つまり、王国は本気で国交の樹立を目指しているのだ。

王国は、ミズホ神国が小国家群のまとめ役であることを理解しているからこその行動をしている。

小国家群のほとんどの国は、まともな軍隊を持っていない。だから貢ぎ物と交換に、ミズホの庇護を受けている。

そんな事情があることから、小国家群と国交を持とうとしたら、ミズホ神国と国交を持つのが、もっとも手軽で確実なのだ。

このことからも、王国がしっかりと小国家群の情勢を把握していることがわかる。

つまり、この使節団との交渉次第で、ミズホ神国の、ひいては小国家群全体の将来が決まると言ってもいい。

そんな使節団の接待役を仰せつかったのが、ノブナ・ヴィルヘルムなのだ。

本当なら、ノブナの弟の長男であるカネツグが出るべきなのだろうが、ヴィルヘルム家の内部でも、跡取りを長男のカネツグにするか、優秀なノブナにするか決めかねている部分があるだけでなく、カネツグにはまだ交渉ごとは無理だろうと判断されたこともあり、今回はノブナが選ばれたのだ。

ノブナは弟のことを不甲斐ないと思いつつも、使節団と関われることを喜んでいる。しかし、残念ながら、使節団代表のカイルと数人は別行動になっていた。

そちらはトップ会談なので、御三家代表が相手をしている。

数人の中に、少し気になっている錬金術師が含まれているのが悔やまれるなと、ノブナは唇を尖らせた。

仕方ないかと気持ちを切り替え、使節団の宿泊している旅籠に向かう。

途中、なんの気配もなく、彼女に並んで歩く影があった。この国で最高の忍であり、ノブナの部下である猫獣人忍者のチヨメ・クレマンである。ノブナは確認するまでもなく、当たり前のように尋ねた。

「お客さんたちはどんな感じなの？」

ロリ体型なのに巨乳で、くノ一で、猫獣人なうえ、語尾がナリという、ちょっと属性詰め込みすぎなチヨメが答える。

「特に問題なく宿にいたナリよ。夜は魔法の結界を張ってるので、どんな会話をしていたかはわからないナリが、出歩いたりはしてなかったナリ」

「そう。もう少しスパイ活動をしてくるかもと考えていたのよ」

ノブナだけでなく、父親のハンベエも同じように考えていたが、彼らにその気はないらしい。祖父のシンゲンは疑いもしていなかったが。

もっとも、情報収集は大使の仕事でもあるので、よほど怪しい動きでもなければ、咎めるものでもない。

武家の屋敷に忍び込むなどしなければ、監視だけしておく方向で、チヨメを付けていたのだが、そんなに意味はなかったようだ。

「ただ……」

チヨメが続ける。

「くのいちの紋章持ちと、メイドには監視しているのを気づかれていたナリよ」

「カミーユはわかるけど、メイド？　メイドってお手伝いさんの？」

「そのメイドであってるナリ」

「メイドの格好をした、間者ってことなのかしらなのよ？」

「そういう感じでもなかったので、困惑してるナリよ」

「……まぁいいのよ。今日は一緒に来るでしょうから、注意しとくのよ」

「了解ナリ」

二人が小声で話している間に、目的の旅籠へ到着する。中を覗くと、すでに使節団メンバーが出かける準備を終えていた。

最初に目に留まるのは、お人形のように可愛いカイルの妹のマイナ。将来どれだけの美人になるか想像もつかない美少女である。

ノブナは内心でため息を吐いてしまう。自分も容姿にはそれなりの自信はあったが、少々がさつであることも自覚しているので、どうしても絶世の美少女と自分を比べてしまうのであった。

ノブナは気持ちを切り替え視線を移す。次に目立つのは、蒼髪の剣士だ。

このレイドックという冒険者、一見すると飄々《ひょうひょう》とした青年にしか思えないのだが、とんでもない実力者なのを知っている。ノブナ本人はもとより、父親のハンベエより強いのは確実だろう。

おそらく祖父のシンゲンと同格。……いや、もしかしたらそれ以上？

少なくとも、そう思わせるだけのオーラが漂っているのだ。ちょっと背中が冷たくなってくる。

実力者はそれだけではない。女弓士のソラル、女魔導師のエヴァ。この二人の実力も尋常ではない。

直接確認したわけではないが、目撃者の証言と、クラーケンの死骸からの判断だ。

おっとりした巨乳女は、名をマリリン。優秀な神官系らしい。その物腰に騙されてはいけない。確実に化物の一人だろう。

ノブナは自分の胸部あたりを見下ろしたあと、別の意味で戦慄していたが、個人的感情なので、このまま流す。

よくわからないのは、もう一人の弓士のジタローという男だ。狩人らしいのだが、使節団に入っている意味がわからない。それとも王国の使節団には狩人を入れる風習でもあるのだろうか？

　答えの出ない疑問に頭を捻りながら、ノブナは最後のメンバーを見る。

　メイドだ。

　どこからどう見ても、完璧にパーフェクトなメイドだった。

　瞳を覗けば、縦長の瞳孔を確認できるので、亜人だとは思うのだが、メイド以外の感想が出てこない。

（こんな普通のメイドに、ミズホ神国最高の忍であるチヨメの監視がばれたっていうの？）

　何度見直しても、レイドックやその仲間から漂う、強者のオーラを感じることはできなかった。

　ノブナはそれ以上考えるのをやめる。一緒に行動していれば、見えるものもあるだろうと判断をする。

　気持ちを切り替え、ノブナは使節団に声を掛けた。

「待たせたのよ」

　すると、女魔導師のエヴァが一歩前に出た。

「時間通りですよ、ノブナ様。本日はよろしくお願いします」

　どうやらエヴァが交渉役らしい。

「あたしも楽しみだったから、気にしないでなのよ！」

　これはノブナの本心である。完全に警戒を緩めることはできないが、他国の、それも遠い王国の人間と歩き回れるのだ。少々浮き足だっても仕方ないだろう。

「じゃあ、今日はいろいろと面白い場所を案内するのよ」

「楽しみ……です」

目を輝かせたのは、美少女マイナだ。ノブナは全力で案内しようと決意するのである。

◆◆◆

「最初に行くのは、ミズホ神社なのよ」

都市国家であるミズホ神国の中心部に向かいながら、ノブナがみんなに説明する。

「本殿は現人神であられる、ムテン様の住まいでもあるのよ。だからみんなが参拝する神社……拝殿は、国の中央にあるのよ」

耳を傾けていたマリリンが首をかしげた。

「王国の国教である、ルインセント教の神殿とはずいぶん違うんですねぇ～」

「ミズホ神国は、過去の大魔導時代が滅んだあと、かなり早い段階で国を成したと伝えられているのよ。それは初代の現人神が現れたからなのよ」

「興味深いですぅ～」

やはり、神官というだけあって、マリリンは宗教がらみの話に興味があるようだと、チヨメは無言でついていきながら、心のメモ帳に書き入れる。

ミズホ神社に到着すると、皆が感嘆の声を上げた。

「へえ。こりゃ凄いな。俺たちの知ってる神殿とはまるで造りが違う」

「見てください。あの複雑な木組みは熟練の仕事ですね。今度リーファンさんも連れてきましょう」

「ひゃー！　これは凄いっす！　神殿なのに結構カラフルっすね！」

「それは宗教の違いなだけでは？」

「格好いい……！」

マイナが鼻をフンスと鳴らしながら興奮している様子は、ノブナの相好を崩させる。

「気に入ったかしら、マイナちゃん」

ノブナはちゃっかり、宴会の最中にマイナをちゃん付けで呼ぶ許可をもらっていた。

「ん！」

「それじゃあ、参拝するのよ」

視察団の面々は、ノブナとチヨメにミズホ流の礼儀を教わり、全員で参拝を終える。チヨメは心のメモに「他国の宗教を尊重できる」と追加した。

普段は入ることのできない拝殿の中を案内などしていく。その際、信仰するミズホの神とは別に幾多の神や仏もおられることを説明すると、マリリンとエヴァが興味深げに聞き入っていた。

一通り、神社の視察を終えて、外に出ようとしたとき、門前がざわつく。

「何かあったの？」

ただ事ではない様子に、ノブナが神主に尋ねた。

「ああ、これはノブナ様。国の外回りを担当しているオブライエン家筋の武士たちが、魔物の集団と遭遇し、けが人が運ばれてきたのですよ」

ノブナは今日の外回り担当がオブライエン家だと思い出す。当主のモトナリが出ているので、カイルに顔合わせをしているのは息子であるカゲタカの馬鹿のはずだ。迷惑をかけていなければいいのだがとよぎるが、今はそれどころではない。

「モトナリは戻ってるの？」

「いいえ、負傷した者だけが戻り、モトナリ様は魔物の討伐を続けているそうです」

「なら、援軍はいらないかしら」

馬鹿のカゲタカと違って、当主のモトナリは優秀だ。彼が残る判断をしたのなら、問題ないだろう。

「ちょっと様子を見てくるから、待ってて欲しいのよ」

ノブナは断りを入れてから、けが人が運び込まれた治療院へと走る。中には十名ほどの武士が寝かされていたが、全員がかなりの重傷だった。

（これは……二〜三人は死ぬわね）

ミズホ武士にとって、戦いで死ぬことは誉れだ。だから死ぬこと自体に恐れはない。だが、それはそれとして、助けられる命は助けるのも、ミズホ武士の生き様である。

「神官は足りてるの!?」

「ノブナ様！　今日は外回りの武士隊に付いている者が多く、残っている我らでは厳しい状況です」

最近、魔物が活発化している。通常より多くの外回り部隊が活動している関係で、優秀な神官も一緒にばらけることが多くなっているのだ。モトナリの本隊にも腕利きの神官がいるはずなので、手遅れと判断された武士たちが後方に送られたのだろう。

「まずいわね……」

唇を噛むノブナ。

今すぐムテン様に連絡をして、本殿の神官を派遣してもらうべきかもしれない。

判断に悩んでいたノブナの後ろから、のほほんとしたマリリンがひょこっと現れた。

「ちょっといいですかぁ～？」

目を丸くするノブナを無視して、マリリンがすすっと治療院へと入ってしまう。

「え？　ちょっとなんなのよ？」

「皆さん～。もう大丈夫ですよ～。〝高速重傷治癒結界《エリアクイックハイヒール》〟ぅ～」

ノブナが止める間もなく、マリリンが魔法を発動させると、治療院を埋め尽くす広さの魔法陣が何重にも浮かび上がった。

「え⁉」

光の粒が滝のように魔法陣から浮かび上がり、けが人の身体に降りかかると、生死をさまよう重傷が、みるみるうちに治っていく。

「え、え⁉」

驚いたのはノブナだけではない。それまで必死で治癒魔法を掛けていたミズホの神官たちも、痛みに歯を食いしばっていた武士たちも、ノブナと同様に、いや、それ以上に驚いていた。

それは広範囲の治癒魔法。しかもとびきり強力な。

普通、治癒魔法と言えば、一人一人に接触しながら掛けていくものだ。強力な治癒魔法ならなおさらだろう。

にもかかわらず、マリリンが使った魔法は、同時に十人を包み込む範囲に、死にかけの大けがを一瞬で癒やす大魔法だった。

この怪我を癒やせる神官というだけで超一流だと言うのに、それを集団に？

ノブナの背筋が凍りつく。

戦慄で思考が止まってしまったが、武士の一人が上半身を起こし、手を握りしめながら叫んだことで、再び思考が動き出す。

「な、治った？　あの怪我が治っただと⁉」

その叫びをきっかけに、次々と武士たちが起き上がった。

「凄いぞ！　今日の怪我だけじゃなく、古傷まで治ってる！」

「ああ！　ミズホ神よ！　感謝いたします！」

「いや、あれは確か王国の使者様だ」

「なに？　それじゃあ他国に伝わるという、女神なのではないか？」

「ああ！　間違いない！　彼女は女神に違いない！」

「ありがとう！　女神様！」

「ミズホの神よ！　女神をつかわしてくれたことを感謝します！」

「めっがっみ！　めっがっみ！　めっがっみ！」

「おっぱいの女神様……」

「女神様！　惚れました！」

「同僚に女神様のことを自慢します！」

あれよあれよと言う間に、女神に祭り上げられたマリリンは困惑するばかりだ。

ノブナも状況について行けない。だが、マリリンがとてつもない治癒魔法の使い手だということは理解した。

それとは別に、アホなことを口走った武士を鍛え直さなければならないことも理解する。

（チヨメ、あのアホの家と名前をあとであたしに教えて）

（了解ナリ）

目と目だけで意思を確実に伝え合う二人。

武士たちの女神コールを無視して、ノブナたちは逃げるように治療院をあとにするのであった。

◆　◆　◆

「ふう。ありがとうなのね、マリリン」

「どういたしましてなのよ～」

ノブナはお礼を言いつつも、内心では舌打ちした。その技量の高さと、胸の高さに。

（王国の冒険者はこんな化物だらけなの？）

その予想は、半分間違っていて、半分が正解である。

レイドックパーティーはゴールデンドーンでも突出した実力を持つので比較にならないのは確かなのだが、あの街を拠点にしている冒険者は他の地域であれば一流と呼ばれる技量を持つものばかりなのだ。

この事実を、この時点でノブナもチヨメも知らないのだが、カイルの治めるゴールデンドーンは高レベルな冒険者や兵士が山盛り存在する化物都市になっていたので、当たらずとも遠からずの予想になっているのは皮肉かもしれない。

チヨメは心のメモに「王国は化物揃い」と記入する。

レイドック、ソラル、エヴァ、カミーユ、マリリンの実力の一端は判明した。

となれば、狩人のジタローとメイドのリュウコの実力も知りたくなるというものだ。

護衛の女騎士、ペルシアの実力を知る機会がなさそうなのは残念である。

リーファンというハーフのノームは職人ということなので、ノブナには目利きができない。

錬金術師も同じなのだが、あのひょろっとした男は妙に気になっていた。王国の食糧事情を改善し、防衛力の強化にも寄与しているという。ノブナには計りかねるタイプであるだけに、余計に気になっていたので、一緒にいないのが残念だった。

ノブナは気持ちを切り替え、ジタローに声を掛ける。

「そういえば、ジタローは狩人なのよね。どうして使節団にいるの？」

「そいつぁー、おいらがおいらだからっすよ！」

ジタローが元気に答えるが、意味がわからない。

「えっと……」

満面の笑みを浮かべるジタローに、言葉を続けることができないノブナ。見かねたレイドックが口を挟む。

「建前上は、他国の印象を一般市民の目線で確認してもらうってことになってるんですけどね……」

そこで一度言葉を切ったあと、ため息交じりに苦笑した。

「カイル様を含めて、友達ってだけなんですよ」

絶句するノブナ。

友達だからと、平民を使節団に入れるなど理解できない。

エヴァがそれを見抜き、慌ててフォローを入れる。

「こう見えて、ジタローさんは腕が立つんです。並の冒険者以上なので、護衛として優秀なんですよ」

それどころか、初めての土地で道案内ができるほどの技量を持っているのよねと、エヴァが内心で付け加える。口に出さなかったのは、ジタローを褒めすぎると、調子に乗るのがわかっているからだ。

「そうなんっすよ！　いやー！　おいらの力が必要だってみんなに頼まれたっすよー！」

褒めすぎなくても調子に乗って、エヴァがこめかみを押さえた。

だが、そのおかげで、ノブナもジタローの性格を即座に理解する。せっかくだから、その性格を利用させてもらおうと切り替えた。

「そうなのね！　なら、あそこに飛んでる鳥なんかも撃ち落とせるのかしら？」

軽くおだててみたら、見事に乗るジタロー。

「余裕っすよ！　エヴァさん！　弓を出して欲しいっす！」

「あー……はいはい」

エヴァはジタローに呆れたが、それ以上にノブナの思惑に気づき、苦笑しつつ、空間収納からジタローの弓を取り出してやる。

それはオリハルコンで作られた名弓。いや、そんな一言で表せるシロモノではない。間違いなく国宝級。いや、神話に語られていてもおかしくない、そんな頭のおかしい弓が出てきたのだから、ノブナとチヨメがどれほど驚いたかを察せるだろう。

たしかソラルも同じ弓を持っていたはずである。

レイドックがオリハルコン製の剣を持っていたことにも驚いたが、それでも将軍シンゲンの剣先を見極められる冒険者ならと、まだ納得できた。ソラルも同じだ。

だが、目の前にいるのは、山賊にしか見えない装束をまとった狩人なのだ。

（王国では平民がオリハルコンの武具を持ってるわけぇ!?）

エヴァは、ノブナの心の叫びを正確に聞き分けた。というか、わからないわけがない。さすがにこれを誤解させておくのはかわいそうだ。

「ノブナ様、誤解があるようですが、ジタローの弓は、ドラゴン討伐や特殊ヒュドラ討伐などで活躍した褒美ですからね。私たちのパーティー以外で持ってる人はほとんどいませんから」

ノブナは安堵しながら姿勢を正す。

「そ、そうなのね」

「はい」

エヴァが安心させるように頷くと、ノブナとチヨメは落ち着いた。

そんな三人を無視して、嬉しそうに弓をつがえるジタローだったが、一度引き絞った矢を戻し、ノブナを振り返りながら、空に指を向ける。

「あれでいいんすか？」

ノブナはやっぱり無理かと思いつつも、ジタローの指し示す先を見据えた。

もともと点にしか見えなかった鳥だが、今はさらに遠ざかったのか、もはや視認することすら難しいほど小さくなっている。

「まぁ、そうなのね」

さすがに無理すぎるから、ノブナが新しい標的を探そうとしたのと、ジタローが「おいらに任せるっすよ！」と叫ぶのと、チヨメが「あっ」と零すのは同時だった。

放たれた矢は、重力を無視して、真っ直ぐに豪速ですっ飛んでいく。広がる雲にぽっかりと穴を空け、大気を切り裂き、天空へと消える。

「ウソ……」

チヨメが顔を真っ青にしながら呟いた。

「なにがあったのよ、チヨメ⁉」

チヨメはノブナに答えず、蒼白のままジタローに向く。

「ジタロー様、あれは……落ちる場所まで考えて放ったナリか？」

「そりゃあ、もちろんっすよ。あんなもん、街に落ちたら迷惑っすから！」

二人の会話の意味がわからず、ノブナは慌てる。だが、絶対にとんでもないことが起きていることだけは確信できた。

「こっちナリ！」

突然走り出すチヨメ。「ごちそうっすね！」と言いながら追随するジタローにノブナは目を丸くする。

「え？　え？」

ノブナだけではなく、マイナもエヴァもマリリンも状況を理解できていない。逆に理解してるレイドックとソラルは苦笑である。なお、リュウコは一歩下がった場所で気配を消していた。

「あー。行ってみればわかりますよ」

レイドックが先行する二人を、親指でグッと指し示す。

「そ、そうなのね。行けばわかるのね」

そもそも考えることがあまり得意でないノブナが、問い詰めるより走り出したことで、全員があとを追いかける。ちなみに、マイナはレイドックにお姫様抱っこされていた。

◆　◆　◆

そこは闘技場であった。

一年に一度、現人神が観覧される御前試合が行われる、由緒ある闘技場である。

武士同士の力比べなども行われるが、最近はもっぱら武士対魔物の試合がメインだ。

理由は簡単で、魔物の発生数が激増しているから、生け捕りにできる魔物が多いことと、実戦訓練にちょうどいいからである。

本日、注目の試合が開催されようとしていた。

外様武家である、パランタイネン家の若手武士が、強力な魔物と死合いをするのだから、盛り上がらないわけがない。

パランタイネンの家は、御三家のどこともつながりがないことから、底辺武士の扱いを受けていた。実際、これまでのパランタイネン家で、優秀な武士を輩出したこともないのだから仕方がない。

そんななか、ようやく優秀な武士が生まれる。それが出番を待つツナモリ・パランタイネンである。

今回の相手である魔物は、とんでもない化物だという。すでに何人もの武士が胃袋に収まってしまったらしい。

治療も救出も間に合わなかったのだから、その魔物がどれほどの強さを持つのか想像がつくというもの。

だが、そんな魔物を倒せたら……。

（この名声が響けば、御三家の目に留まる！　そうすれば、譜代武家も夢ではない！）

ツナモリは責任の重さに身震いする。それは武者震い。どんな魔物であっても討ち払うつもりだ。

そして、目の前の扉が開けば、闘技場。

数歩踏みだし、陽の光の下に出ただけで、闘技場を埋め尽くす観客が沸いた。

ツナモリは開始地点であるその場で立ち止まる。

大きく広がるグラウンド。対戦者の出てくる対面の扉は遠い。魔法を使った戦いもあるのだから、広く作られているのだ。

扉が開くと、巨大な檻が押し出されてくる。そこに収められていた魔物を見て、ツナモリの背筋が凍りつく。

（キマイラだと⁉　羽は切り落とされているし、四肢の全てに巨大な鉄球をつながれているが……信じられぬ！）

そう。檻の中で凶悪に暴れていたのは、ライオンの頭、山羊の胴体、毒蛇の尻尾、蝙蝠の羽を持つ、凶悪な魔物で有名なキマイラだったのだ。

身体中が傷だらけな上に、羽を切り落とされていてなお、その強さに陰りを感じない。

キマイラは羽があると、ごく短時間だが、飛び上がることができるので、観客席に飛び込まぬよう処理されていた。

ツナモリと違い、キマイラは闘技場の中央に連れ出され、四方から鉄の鎖で繋がれたうえで、ようやく檻が外される。

キマイラは激しく咆哮《ほうこう》し、自分を縛り付ける鎖を引きちぎろうと暴れるが、さすがに極太の鎖は耐えた。だが、いつまで保つのか不安にさせるほど、鎖は軋《きし》んでいる。

（サイクロプスに並ぶ、悪夢の魔獣か……むしろ生け捕りにできたものよ。おそらくシンゲン将軍の仕業であろうな）

シンゲン将軍はツナモリの憧れであり、理想。ならばこそ、この化物を打ち倒し、認めてもらうのだと、己を鼓舞する。

倒すだけなら、数人の武士がいれば問題ないが、生け捕りにするとなると相当の実力が求められる。

たった一人で倒すとなれば、死を覚悟した死合いになるだろう。

審判である行司が、安全地帯からツナモリの紹介と、キマイラの恐ろしさを告げ始める。

ツナモリの緊張が高まっていく。もうすでに観客の歓声など聞こえないほど集中していた。

そして、行司の試合開始の合図と同時に、キマイラを縛り付けていた鉄の鎖が外れ、暴虐が解き放たれた。同時にツナモリが吠える。

「いざ、尋常に勝負！」

◆　◆　◆

ジタローはマタギの紋章による超感覚で、ノブナがなにを指さしたのかすぐに理解する。

（ワイバーンっすね！　人間の街に近づかないのは、きっと何度も痛い目にあってるからっすね）

そう。ノブナが鳥だと思っていたのは、遙か上空を飛翔していたハグレのワイバーンだったのだ。

本来魔物は人間を見ると問答無用で襲ってくる。だが、学習しないわけではないので、危険地域だと思えば近づかない程度の知恵は働かせるのだ。

（ワイバーンくらいならすぐに狩れるっすけど、あの位置と風だと、街中に落ちるっすよ）

だからジタローは集中して、神経を研ぎ澄ます。すぐ近くに大勢の気配が楕円状に感じられた。興奮している様子から、闘技場だろうと察する。

その中央に弱い魔物の気配がするので、前座試合かなにかだろう。

だからジタローは、ワイバーンの死体はそこに落とせばいいっすねと、なにも考えずに、矢を放ったのだ。

それを目視できたのは、レイドックとソラルとリュウコ。それとチヨメである。

チヨメですら、初めは空の影が鳥だと思い込んでいたのに、ジタローはあれが超高高度を飛んでいるワイバーンだと気づいたのだ。

それすら信じがたいというのに、放った矢は雲を切り裂き、ワイバーンの頭を正確に貫く。

ナイスヘッドショット。

チヨメは遠い目をしながら呟きたくなったが、そんなことより、死体となったワイバーンが落下を始めたことを思い出し、戦慄する。

（まずい！　このままだと街中に落ちるナリよ！）

チヨメはくのいちの紋章の能力を最大まで引き出し、風を読み、落下点を予想した。

「ジタロー様、あれは……落ちる場所まで考えて放ったナリか？」

偶然であって欲しいと願いつつ、震える声でチヨメは尋ねる。

「そりゃあ、もちろんっすよ。あんなもん、街に落ちたら迷惑っすから！」

その自信に満ちた返答に、チヨメは確信した。偶然などではなく狙って射落としたのだと。

「こっちナリ！」

チヨメは叫んで駆け出すと、軽やかに闘技場の壁を駆け上がり、観客席の上に飛び移る。観客は満員だと言うのに、物音一つしない。

当然だろう。

試合開始と同時に、ワイバーンが降ってきて、キマイラを潰してしまったのだから。

チヨメは、魔物の対戦相手だった武士が、入場口近くの開始地点で、腰を抜かしているのに気づいたが、ご愁傷様と同情を向けたあとは、意識から消し去った。

ノブナたちも、正面通路経由で闘技場に踏み入り、ようやく状況を把握する。

　唖然とするノブナとチヨメと観客たちを無視して、マイナだけが鼻をふんすと鳴らしながら興奮していた。

「ジタロー、凄い」

「いやー！　マイナ様に言われると照れるっすねー！」

「あれ、美味しい？」

「ドラゴンほどじゃないっすけど、かなり美味いっすよ！」

「ん！」

もうすでに、マイナは食べる気満々なのが見て取れる。

だからそれまで空気だったメイド……リュウコがすっとノブナに近づいた。

「失礼します。ノブナ・ヴィルヘルム様にご質問をよろしいでしょうか？」

「あえ？」

　ノブナの思考していた脳が、その声でようやく動き出す。

「な、なに？」

「あちらのワイバーンの死体ですが、狩ったジタロー様のものになるのでしょうか？　それとも狩猟許可を得ていないので、ミズホ神国のものになるのでしょうか？」

　一瞬、リュウコの質問の意味がわからなかったが、死体の所有権について聞かれているのだと、頭をはっきりさせる。

「あたしが許可を出したのだから、狩猟許可を出したようなものなのよ。だから、ジタローのものでいいのよ」

「ありがとうございます。もう一つご質問をよろしいでしょうか。不幸にも巻き込まれてしまった魔物の代わりが必要と思われると愚考いたします。お申し付けいただければ、すぐに生け捕りにしてまいります」

ノブナは沈黙する。

言っている言葉はわかるが、意味がわからない。

「それって、貴方がキマイラを生け捕りにしてくるって聞こえるのよ？」

「はい」

ごく自然な返答を返すメイド。それだけで、こいつらなら可能だと確信できた。

（もう驚かないのよ！　こいつら全員おかしいのよ！）

ノブナは内心で叫ぶも、なんとか気持ちを落ち着ける。

「……それはいいわ。これから国交が樹立したら、忙しくなるから、死合いどころじゃなくなるのよ」

「わかりました。それでワイバーンですが、この場で解体する許可をいただけたら嬉しく思います」

ノブナは「ああ」と頷く。ワイバーンは小さな家くらいのサイズがあるのだ。いくつかに切り分けなければ、運び出すのが面倒だろう。

「構わないのよ」

ノブナは油断していた。あとは事後処理をするだけだと。

このあと、ゴールデンドーンの連中相手に、そんな常識は通じないと、心底知らしめられることになる。

「ノブナ様、ありがとうございます」

メイドはノブナに一礼すると、ジタローに向き直った。

「許可をいただきましたが、ジタロー様はよろしいですか？」

「手伝うっすか？」

「問題ありません。マイナ様、少しだけお側を離れることお許しください」

「ん」

「それでは」

◆　◆　◆

目の前で焼き肉が香ばしい香りを漂わせていた。

許可を出したのはノブナなのに、未だ現実を受け止められていない。

気がついたら、ワイバーンは綺麗に切り分けられていた。

腕と羽と脚と首……などというおおざっぱな区分ではない。

ワイバーンの肩ロース、サーロイン、ハラミ、カルビ、ランプ、ヒレ……。それらが大量の皿の上に並ぶ。しかも焼き肉がしやすい一口サイズで。

それだけではない。貴重な魔石や爪や牙などは綺麗に並べられていたのだ。しかも血の汚れ一つなく。

さらに、闘技場そのものがすでに清掃ずみであった。たった一人のメイドによって。

ノブナは見ていた。にもかかわらず、どうなったのかよくわからない。それはチヨメも同じである。

気がついたら、潰れたキマイラは綺麗に清掃され、残った稀少部位が丁寧に闘技場の隅に並べられている。それだけではない、巨体であるワイバーンの解体も終わっていた。

しかも食べやすいよう、部位ごとに切り分けられ……意味がわからない。

見ていたのはノブナとチヨメだけではない。観客たちもである。

だが、これほどの人数が目撃していたにもかかわらず、誰一人、なにが起きたか正確に理解できていなかった。まさに白昼夢である。

途中、メイドが調理の許可を求めてきた覚えがあり、それに頷いた覚えもあった。

「肉はたくさんあるっすから、食べたい人はみんな来るっすよ！」

ジタローがおきらくに叫ぶ。すでにマイナはリュウコの給仕で食事中であった。

埴輪みたいな顔で固まっていたノブナの肩を、レイドックが軽く叩く。

「ノブナ様、俺たちはいつもこんなもんですから」

正気に戻ったノブナは決意した。

彼らと絶対に友達となるのだと……。

本書に対するご意見、ご感想をお寄せください。

あて先

〒162-8540 東京都新宿区東五軒町3-28
双葉社　モンスター文庫編集部
「佐々木さざめき先生」係／「あれっくす先生」係
もしくは monster@futabasha.co.jp まで

ノベルス

冒険者《ぼうけんしや》をクビになったので、錬金術《れんきんじゆつ》師《し》として出直《でなお》します！ ～辺境開拓《へんきようかいたく》？ よし、俺《おれ》に任《まか》せとけ！⑥

2021年7月3日　第1刷発行

著　者　佐々木《ささき》さざめき

発行者　島野浩二

発行所　株式会社双葉社

〒162-8540　東京都新宿区東五軒町3番28号
［電話］03-5261-4818（営業）　03-5261-4851（編集）
http://www.futabasha.co.jp/（双葉社の書籍・コミック・ムックが買えます）

印刷・製本所　三晃印刷株式会社

［電話］03-5261-4822（製作部）
ISBN 978-4-575-24420-5 C0093　

Mノベルス

発行・株式会社　双葉社

Mノベルス

九重十造
Illust. てんまそ

稀代の天才科学者である天地海人。彼はある日目覚めると異世界に転移していた。海人が手に入れたのは、『創造』という一度見たもの（植物以外の生物を除くほぼすべて）を作り出せる希少な魔法。女傭兵ルミナスに助けられ、彼女と同居しつつ、創造魔法を活用してお金を稼ぎ、平穏で楽しい日々を過ごしていた海人だったが、様々な騒動に巻き込まれていき……。類まれな頭脳と創造魔法を駆使して敵を蹂躙！　運動神経とネーミングセンス以外は完璧な、天才による異世界ファンタジー——ここに開幕！

発行・株式会社　双葉社